SYLVIA RIVERA

CLAUDIA ROMO EDELMAN
Y J. GIA LOVING

TRADUCIDO POR **TERRY CATASÚS JENNINGS**

ILUSTRADO POR **CHEYNE GALLARDE**

ROARING BROOK PRESS

NUEVA YORK

Para mi mamá, que perdió la batalla contra el Covid, pero cuyos valores viven en mí cada día. Soy quien soy porque ella fue el mejor modelo posible a seguir.

Para mi marido, Richard, y mis hijos, Joshua y Tamara, que me rodean con su amor, su fe en mí y su apoyo. Ellos hacen que todo esto sea posible.

Sobre todo, esta serie está dedicada a los niños del mañana. Sabemos que tienen que verlo para serlo. Esperamos que estos héroes latinos les enseñen a desplegar sus alas y volar.
-C. R. E.

En honor a Sylvia Lee Rivera, hermana y madre del movimiento. Gracias por elevarme en esta conversación más allá de las estrellas. Gracias a cada uno de los seres queer que me precedieron y que vivieron sus vidas fabulosas a su manera, sin importar la década.

Para Tiger, mi amor.

Y cada uno de ustedes… jóvenes salvajes y hermosos, que crecen en este mundo salvaje y hermoso. Asegúrense de pintarse en colores en los libros de historia.
-J. G. L.

Published by Roaring Brook Press
Roaring Brook Press is a division of Holtzbrinck Publishing Holdings Limited Partnership
120 Broadway, New York, NY 10271 • mackids.com

Our books may be purchased in bulk for promotional, educational, or business use. Please contact your local bookseller or the Macmillan Corporate and Premium Sales Department at (800) 221-7945 ext. 5442 or by email at MacmillanSpecialMarkets@macmillan.com.

Library of Congress Control Number: 2022916422

First edition, 2023
Book design by Julia Bianchi
Printed in the United States of America by Lakeside Book Company, Crawfordsville, Indiana

ISBN 978-1-250-84015-8
10 9 8 7 6 5 4 3 2 1

NOTA SOBRE LOS NOMBRES

Los nombres que nos ponemos juegan un papel importante en nuestra identidad como individuos. En las diferentes culturas y comunidades, los nombres se dan y se eligen en varias etapas de la vida. Alguien puede recibir su nombre al nacer o tras una ceremonia especial. Para algunas personas, la elección de su propio nombre puede honrar un cambio específico por el que pasan; esto puede incluir a las personas transgénero en tránsito entre géneros o a las personas espirituales que se unen a una comunidad. Para algunas personas, los nombres que han dejado de usar pueden provocar sentimientos negativos. Una manera de mostrar respeto por los demás es utilizar el nombre que han elegido más recientemente.

NOTA SOBRE EL NOMBRE DE SYLVIA: A lo largo de este libro, me refiero a Sylvia con el nombre que ella eligió en vez del que le dieron al nacer. Sylvia utilizó ambos nombres en varios momentos de su vida.

NOTA SOBRE LAS IDENTIDADES DE COMUNIDADES: Como nuestros nombres individuales, los nombres que utilizamos para referirnos a nuestra comunidad también son importantes y cambian constantemente. En este libro me refiero a las comunidades de personas con identidades y orientaciones de género marginadas como personas transgénero y *queer*.

-J. G. L.

NOTA SOBRE EL LENGUAJE: Escribir una biografía sobre una persona que ha hecho la transición a un sexo diferente o que se identifica como diferente del sexo que le fue asignado al nacer requiere que tomemos algunas decisiones. Tanto para *Hispanic Star en español: Sylvia Rivera* como para su edición en inglés, decidimos honrar la identidad de Sylvia como mujer desde su nacimiento. Durante la vida de Sylvia, los pronombres en inglés *they/them* aún no eran utilizados por las personas transgénero ni *queer*. En español, tampoco se utilizaban entonces pronombres similares, y aun hoy no se han asentado en el uso común. Por ello, y para honrar la identidad de Sylvia, nos referimos a ella con pronombres femeninos; cuando hablamos de un colectivo, utilizamos el pronombre "los", que es consistente con el uso actual del español.

-T. C. J.

CAPÍTULO UNO

ES UNA CHICA

Para mediados del siglo XX, los Estados Unidos ya habían experimentado las expansiones y caídas de su poder mundial creciente.

La Gran Depresión de los años treinta sumergió al mundo en una crisis económica y dejó a la gente en una nube de incertidumbre. Mientras las familias se las arreglaban para sobrevivir, los líderes políticos lidiaban con la Segunda Guerra Mundial, la cual comenzó en Europa cuando Alemania invadió a Polonia en 1939. Los Estados Unidos entraron en la guerra cuando Japón bombardeó la estación naval estadounidense de Pearl Harbor, en la isla hawaiana de Oahu, en 1941. La demanda de soldados y materiales para la guerra creó empleo para los trabajadores estadounidenses y ganancias para la economía. La Segunda Guerra Mundial no sólo sacó a los Estados Unidos de la depresión económica, sino que animó a los estadounidenses a creer que su seguridad financiera estaba determinada por la capacidad del país para conquistar a los enemigos exteriores.

A mediados de la década de 1940, los Estados Unidos y naciones aliadas como Gran Bretaña declararon la victoria en la Guerra Mundial. Poco después, se creó la Organización de las Naciones Unidas (ONU) que agrupó cincuenta y una naciones comprometidas a mantener la paz. Las naciones aliadas se establecieron como miembros permanentes del recién creado Consejo de Seguridad de la ONU. La tensión mundial aumentaba a medida que los Estados Unidos y la Unión de Repúblicas Socialistas Soviéticas (URSS) emergían como superpotencias rivales en un enfrentamiento conocido como la Guerra Fría, la cual duró durante casi toda la segunda mitad del siglo.

Dentro de los Estados Unidos, las divisiones entre los estadounidenses también se profundizaron. Muchos grupos de personas marginadas se unieron para exigir cambios e igualdad. Las mujeres hicieron campaña a principios del siglo xx para ganar el derecho a votar. Después de la guerra, las mujeres exigieron que se las incluyera en los debates políticos a los que antes sólo tenían acceso los hombres. Las personas negras y la gente de color también pasaron décadas en sus comunidades locales organizándose para lograr la justicia racial y el sueño de igualdad para todos.

Sylvia Lee Rivera nació en el seno de una familia que comprendía profundamente los impactos de un mundo dividido. Durante los primeros años de su vida, aprender a "arreglárselas" con poco tuvo que ser algo natural. Sylvia nació el 2 de julio de 1951 a las 2:30 de la madrugada en la Ciudad de Nueva York. Su madre, Carmen Mendoza, de veintidós años, dio a luz a Sylvia en el asiento de atrás de un taxi parado frente al hospital Lincoln del Bronx. Nacida con los pies primero, la abuela de Sylvia siempre la fastidiaba y bromeaba diciendo que había "nacido lista para salir a la calle". Cuando Sylvia creció, el presagio de su abuela le causaba risa, pero nunca lo negó.

Vivir en los Estados Unidos con raíces familiares en América Latina significaba que ambos lados de su familia tenían muy poco para sostenerse. Como otras familias inmigrantes, los Rivera y los Mendoza tuvieron que adaptarse a la vida en los Estados Unidos. A menudo, los inmigrantes recién llegados no podían contar con la protección o el apoyo del gobierno estadounidense sin arriesgarse también a más separación familiar. Sin embargo, persistieron.

Los padres de Sylvia eran jóvenes y tenían que ingeniárselas para mantener a su familia. José Rivera, el padre de Sylvia, era hijo de una familia puertorriqueña. Su madre, Carmen, fue criada por una madre soltera, inmigrante venezolana, a quien el vecindario llamaba Viejita.

Poco después de que naciera Sylvia, José dejó a Carmen y a su hija recién nacida.

José regresó para reencontrarse con Sylvia cuando ésta tenía cuatro años. Pero para entonces, Sylvia se negó a aceptar a José como su padre.

"¡No tengo padre!", gritó Sylvia antes de salir corriendo del apartamento.

Carmen inició una relación con otra persona después de que José abandonó a la familia. De esta nueva relación nació Sonia, la hermanastra de Sylvia. Vivir con el padre de Sonia no fue fácil para Sylvia, ni para su hermana. Él no mostraba ningún interés por las niñas y se negaba a ayudar a Carmen a criarlas. Además, le era difícil controlar sus acciones cuando se enojaba, lo que atemorizaba a todos. Asustada por sí misma y por sus hijas, Carmen estaba desesperada por escapar de su influencia. Empujada por esa desesperación, Carmen falleció trágicamente en un hospital local tras envenenarse.

Sylvia y Sonia fueron trasladadas al cuidado de su abuela. Viejita estaba destrozada por la muerte de su hija. Había pasado meses tratando de ayudar a Carmen a dejar esa relación tan malsana. Mientras lloraba por la muerte de su hija, Viejita encontró consuelo en el parecido entre los rasgos de Sonia y los de Carmen. Además de parecerse a su madre, Sonia tenía la piel más clara que Sylvia, lo cual era una de las muchas razones por las que Viejita trataba a sus nietas de manera diferente.

El padre de Sonia acabó volviendo para llevarse a Sonia del cuidado de Viejita. Hizo los trámites para que Sonia fuera adoptada por una pareja puertorriqueña, no como Viejita, que era venezolana. Viejita se sintió aún más desolada por haber perdido otra parte de su hija Carmen.

Lamentablemente, a Sylvia le tocó recibir la peor parte de la angustia de Viejita.

Viejita se esforzó por cuidar de Sylvia. Trabajaba para superar el efecto de la pérdida de su hija, pero también empezó a mirar a Sylvia con aprensión. Desde la perspectiva de Viejita, su nieto estaba intentando convertirse en una niña.

Cuando Sylvia nació, su médico asumió que era un niño basándose en el aspecto de su cuerpo. Por ello, en el certificado de nacimiento de Sylvia, el marcador de género fue masculino. Aplicando lo que había aprendido al ver a otras mujeres criar a los niños de su familia, Carmen empezó a criar a Sylvia como un hijo y le puso un nombre que se creía adecuado para un niño.

A medida que Sylvia crecía, su familia intentaba enseñarle lo que se esperaba de los chicos: la forma de actuar, de vestir e incluso las cosas a las que debía aspirar. Tanto la cultura puertorriqueña como la venezolana tienen ideas claras de cómo debe ser el género y cómo debe actuar la gente. El género se ha utilizado a menudo como una forma de categorizar y controlar a diferentes grupos de personas. En las culturas latinoamericanas se premia el concepto de "machismo", o dominio masculino, mientras que a las niñas se les enseña a desempeñar un papel secundario.

Pero actuar como deben actuar los chicos no era algo natural para Sylvia. Desde su infancia, Sylvia se negó a ser encasillada en los roles de género asignados tradicionalmente a los muchachos. En el poco tiempo que pasó con su madre, Sylvia aprendió que había más opciones para ella, ya que su madre era muy relajada en lo tocante al género de Sylvia.

"Antes de que mi madre falleciera", recordaba Sylvia, "me vestía con ropa de niña". En los pocos años que Carmen había criado a Sylvia, le permitió explorar su género sin hacer caso de las rígidas normas existentes. Dejó que Sylvia jugara con sus accesorios y se vistiera con su ropa. Si Sylvia se mostraba interesada, Carmen le dejaba probarse tacones y maquillaje.

Viejita solía hacerse la de la vista gorda cuando Carmen

dejaba que Sylvia se vistiera con ropa femenina. Tras el fallecimiento de Carmen, la misma Viejita le compró ropa a Sylvia en la sección de chicas.

"Mi abuela siguió comprándome blusitas y pantalones de niña hasta que tuve unos seis o siete años, antes de empezar la escuela".

Sin embargo, cuando Sylvia alcanzó la edad escolar, la preocupación de Viejita por la expresión del género de su nieta aumentó. Esto creó tensiones entre Viejita y Sylvia.

"Mi abuela solía llegar a casa y encontrarme toda vestida. Y... me daba una paliza", recordaba Sylvia. "'Mira, eso no se hace, tú eres un chico. Quiero que seas mecánico'", le decía Viejita.

"Yo le decía que no, que lo que quería era ser peluquera. 'Quiero hacer esto. Y quiero ponerme esta ropa'", explicaba Sylvia.

Fuera de su casa, los miembros de la comunidad desaprobaban el aspecto de Sylvia y su forma de no hacer caso de las convenciones de género. Expresaban vergüenza e incomodidad con lo feliz que Sylvia se veía actuando femenina, como si fuera algo vergonzoso. Por lo que entendía de su fe católica, la comunidad creía que quien se saliera de los roles de género aceptados tradicionalmente estaba desafiando no sólo la tradición, si no la fe también.

A la joven Sylvia no le importaba mucho eso, pero a su abuela le creaba un conflicto.

Las inseguridades de Viejita sobre la crianza de Sylvia la llevaron a distanciarse de Sylvia y a rehuir su responsabilidad de cuidar a su nieta.

Cuando Sylvia empezó a ir a la escuela, Viejita se enfermó e inscribió a Sylvia en St. Agnes, un colegio católico internado. Aunque Viejita se recuperó en seis meses, retrasó el regreso de Sylvia a su casa. Cuando Sylvia dejaba la escuela los fines de semana, Viejita solía buscar otro lugar donde Sylvia se pudiera quedar. Viejita mandaba a Sylvia a vivir con amigos de la familia y, a veces, con mujeres inmigrantes que ella patrocinaba.

Con poco estímulo para explorar su identidad, Sylvia trató de entender por qué la gente se molestaba tanto con ella. ¿Por qué los adultos no la apoyaban? Sylvia siguió soñando con un mundo en el que los jóvenes pudieran ser libres de ser ellos mismos.

Por suerte, hubo algunos adultos que le mostraron a Sylvia lo especial que ella era. Uno de estos fue una vecina que vivía en el piso de arriba llamada Sarah. Sarah era una mujer mayor que se había fijado en la joven y dulce Sylvia. Los escasos contactos entre Sylvia y Sarah solían incluir cumplidos sobre la ropa y accesorios que Sarah llevaba, algo para lo que Sylvia tenía buen ojo. Como Sarah se daba cuenta de que a Sylvia le fascinaban las joyas bonitas, a menudo le regalaba pequeñas baratijas que Viejita no podía o no quería comprarle a Sylvia. Adultos como Sarah ayudaron a Sylvia, no sólo a seguir avanzando hacia su potencial, sino también a saber que era posible encontrar personas que la quisieran tal cual era.

La moda ayudaba a Sylvia a expresarse y a sentir alegría. Estaba llena de ideas creativas y soñaba con ser peluquera. En un salón, podría transformar a sus clientes en los fabulosos seres que ella sabía que siempre habían sido. Le entusiasmaba la idea de utilizar su talento para ayudar a descubrir la belleza en quienes la rodeaban.

Sylvia trataba de encontrar en la escuela un lugar donde sentir apoyo y, al mismo tiempo, centrarse en sus objetivos. También veía el tiempo que pasaba en la escuela como tiempo alejada de su abuela, donde podía ser ella misma. Sylvia se hizo amiga de otras chicas y exploró la posibilidad de ir maquillada a clase. De la misma manera que los adultos de la comunidad se burlaban de ella, los niños de la escuela también intimidaban a Sylvia, y algunos miembros del personal incluso la trataban como una marginada. Pero de la misma manera en que a Sylvia no le importaba lo que los adultos de su comunidad dijeran de ella, dejó claro a sus acosadores que no se echaría atrás. A lo largo de los años, el corazón valiente y la boca atrevida de Sylvia, sumados a su participación en los deportes escolares, la ayudaron a desarrollar una reputación de chica con la que nadie se debía meter.

Aunque Sylvia trató de evitar los conflictos y mantenerse a salvo en la escuela, cuando terminó la escuela primaria se vio obligada a decidir entre su educación y su seguridad.

Un día, en sexto grado, Sylvia se encontró en una confrontación con otro estudiante. El otro alumno la había acosado y presionó a Sylvia para que reaccionara. Cuando Sylvia se defendió para evitar que le hiciera daño, tanto ella como el otro alumno fueron llevados a la oficina del director. Sylvia le explicó al director de la escuela que se había estado defendiendo y que no estaba causando daño, sino que estaba tratando de evitar que la lastimaran. Ambos estudiantes fueron suspendidos del campus. Para Sylvia, eso no tenía sentido. ¿Por qué estaba metida en líos por sólo tratar de que no le hicieran daño?

Después de tantos años de persecusión y castigo por haber elegido cuidarse a sí misma, Sylvia se sentía desesperada y sola. Se preguntó si esto era parecido a lo que había sentido su madre antes de elegir suicidarse. Sylvia sintió que no podía volver a un lugar donde no la protegían ni le permitían protegerse.

¿QUÉ ES LA TRANSFOBIA?

LA TRANSFOBIA describe las diferentes formas de odio y violencia dirigidos a las personas transgénero. Una persona transgénero (o trans) es alguien cuyo género es diferente al que se le asignó al nacer. En muchas culturas, se suele dividir a los pequeños en niñas y niños que deben seguir las ideas estrictas de los roles de género. Las personas trans experimentan el género de una forma diferente y a veces hacen una TRANSICIÓN hacia el género que les hace sentirse bien.

Cuando a las personas se les enseñan reglas estrictas sobre el género durante toda su vida, puede ser difícil entender por qué otros deciden no cumplir con estas reglas. Cuando permiten que la curiosidad se convierta en miedo o rabia, pueden optar por exteriorizar estos sentimientos negativos en los demás; esto es transfobia.

La transfobia causa que algunas personas se sientan diferentes e inferiores.

Si pensamos en la historia de la humanidad, el género y la expresión de género son mucho más diversos que la opción binaria. A lo largo de la historia, el género se ha vivido de forma diferente en los seres humanos y se ha celebrado en las culturas de diversas maneras.

Hoy en día, la transfobia se expresa así:

- No creer en las experiencias o relatos de las personas trans.
- Negarse a utilizar el nombre o los pronombres que alguien elige usar.

- Provocar o fomentar el daño físico a las personas trans.
- Expulsar a alguien de la comunidad por ser trans.

La transfobia nos perjudica a todos. Al presionar a las personas trans a que se ajusten al género binario, se nos quita a todos la autodeterminación. Cuanto más se limitan nuestras opciones de vivir la vida, más limitamos nuestro propio potencial. La AUTONOMÍA CORPORAL, la idea de que las personas tienen derecho a decidir qué hacer con su cuerpo, está en el centro de esta cuestión.

El género debería ser divertido, libre y disfrutado.

Cuando cumplió diez años, Sylvia se negó a ocultar su verdad: no era un chico, a pesar de que mucha gente trató de convencerla de lo contrario. No era un chico, aunque eso significara que su comunidad la apartara.

Ella no era un chico, pero el mundo se empeñaba en que lo fuera.

Era una chica joven, cuyos sueños para el futuro se desbordaban de la caja en la que había nacido.

Esto fue un duro golpe para Sylvia.

Justo antes de que cumpliera once años, su abuela llegó a casa llorando después de haber oído a alguien referirse a Sylvia con un insulto transfóbico. A Viejita le costó tiempo aceptar que lo que le ocurría a Sylvia no era algo pasajero, pero poco a poco había vuelto a abrir su corazón a su nieta. A pesar de que tuvo momentos de incertidumbre, Viejita se preocupaba por su familia. Oír a sus vecinos hablar mal de su nieta le fue difícil y devastador.

"Le dolió mucho lo que me hacían. Y ella sabía por lo que yo había pasado", recordó Sylvia. "Ella lo sabía".

Cuando los miembros de la comunidad insultaron a Sylvia con palabras mezquinas, lo único que pensaba Sylvia era lo avergonzada y herida que probablemente estaba su abuela. Viejita quería cuidar a su nieta pero sentía la presión de las expectativas de su comunidad. El miedo a ser juzgada y al rechazo cultural hizo que Viejita se aferrara a la esperanza de que Sylvia se ajustara algún día a las expectativas de la comunidad, y trató de limitar las formas en las cuales Sylvia se expresaba. Sylvia entendía las preocupaciones de su abuela.

"Tenía mucho respeto por mi abuela. No quería que sufriera. No me importaba mi sufrimiento; me preocupaba su sufrimiento", recuerda Sylvia.

Al saber que su abuela no la apoyaba de todo corazón,

Sylvia sintió que no tenía un lugar seguro al que podía llamar hogar. Y tampoco tenía un lugar seguro en la escuela, donde fue castigada junto a su acosador. Cuando sintió que los adultos que la rodeaban no eran capaces de apoyar a la persona en la que se estaba convirtiendo, Sylvia decidió que lo más seguro sería marcharse. Necesitaba encontrar personas que la quisieran y la cuidaran, sin discriminarla por su género.

Con sólo diez años, Sylvia dejó la casa de su abuela en el sur del Bronx. Tomó el tren a Manhattan, en dirección al sur, hacia la calle 42, un lugar del que había oído hablar a su familia. Al parecer, chicas como ella a veces acampaban allí cuando las echaban de sus casas.

Confió en que eso fuera cierto y salió en busca de su gente.

CAPÍTULO DOS

LA CALLE 42

Sylvia dejó su casa y su escuela decidida a encontrar a personas que la aceptaran tal como era.

Había oído a su familia mencionar la calle 42 como una parte de la Ciudad de Nueva York donde siempre había grupos de personas *queer* y sin hogar viviendo en la calle. Esto solía ocurrir cuando su familia viajaba en el metro a través de la ciudad. En algún lugar del tren se sentaba un grupo de mujeres de aspecto fabuloso, con expresiones dramáticas y una presencia audaz. Mientras que las mujeres extrañas hablaban entre sí y de vez en cuando hacían una escena, la familia de Sylvia las juzgaba en voz baja.

Sylvia se acordaba de la crítica en las voces de su familia, pero también se aferraba al recuerdo de esas chicas que parecían tan libres y fieles a sí mismas. Ahora, de camino al centro de Manhattan, se preguntaba si esa "gente de la calle" podría ser "su" gente.

Antes de que el gobierno de la ciudad urbanizara la zona de Times Square, ahora repleta de luces de neón, tiendas y restaurantes de cadenas, la parte oeste de la calle 42 albergaba comunidades de personas sin hogar y negocios clandestinos. Las compañías de cine alternativo llenaban los cines, mientras que grupos de personas vivían al aire libre en las aceras.

LOS JÓVENES SIN HOGAR EN NUEVA YORK

Todas las personas tienen necesidades esenciales para sobrevivir y prosperar. Estas necesidades básicas incluyen la vivienda y la alimentación, pero muchos jóvenes sufren INSEGURIDAD ALIMENTARIA y DE VIVIENDA.

A lo largo de la historia, los jóvenes se han convertido a menudo en personas sin hogar por haber sido expulsados de la comunidad en la que nacieron. Tratando de encontrar ayuda, los jóvenes sin hogar buscan a otros como ellos. Forman comunidades donde pueden.

Es común que se culpe a las personas sin hogar por su situación y que se las castigue. Hay grandes probabilidades de que se forme un ciclo en el que una persona sin hogar es castigada por serlo, lo que hace más difícil que encuentre un terreno estable. Para los jóvenes, puede ser imposible sobrevivir a este ciclo solos.

Todos nos desarrollamos mejor cuando tenemos un hogar estable, una alimentación consistente y una comunidad solidaria. Aunque la Tierra tiene recursos naturales más que suficientes para alimentarnos, no hemos encontrado los sistemas ni la cooperación para asegurarnos de que todos tengamos lo que necesitamos.

El desequilibrio en la distribución de los recursos hace que algunas naciones e individuos acaparen riqueza y que muchos otros se queden sin nada.

PERO ¿POR QUÉ HAY TANTOS JÓVENES SIN HOGAR?

Cuando los jóvenes sufren abandono o descuido, corren un gran riesgo de confrontar la falta de hogar y el hambre. Muchos jóvenes se quedan sin hogar como resultado de la lucha de su familia con la pobreza, generación tras generación. Los jóvenes trans y *queer*, de todo tipo de familias, pueden ser expulsados de su hogar si los que los cuidan no aceptan su singularidad.

Un mosaico de familias de jóvenes sin hogar vivía a lo largo de los teatros y muelles cerca del agua. Era en estas cuadras donde los jóvenes sin hogar se encontraban a menudo después de haber sido expulsados de sus hogares. Muchos de los futuros amigos de Sylvia en la calle 42 fueron expulsados por sus familias. Uno a uno, Sylvia escuchó historias parecidas a la suya. Casi todos los que conoció se habían visto obligados a elegir entre su hogar y su verdad.

En las calles, estas comunidades libres temían ser perseguidas por la policía. Hasta el día de hoy, existen muchas leyes que consideran un delito que los que no tienen hogar ocupen un espacio público. Para sobrevivir, la comunidad sabía que tenía que mantenerse unida y protegerse mutuamente de la violencia. Todos compartían lo que habían aprendido viviendo en la calle. Aunque a menudo sólo los separaban pocos años de edad, los miembros con más experiencia de la comunidad guiaban a los más jóvenes recién llegados, como Sylvia. A pesar de la falta de comodidades materiales que ofrecía esta comunidad, muy pronto Sylvia empezó a considerarla como un hogar.

Poco después de llegar a la calle 42, Sylvia fue adoptada. Un grupo orgulloso y amistoso de chicas mayores cuidó de Sylvia y acabó acogiéndola bajo sus alas. Su familia elegida, formada por mujeres trans y personas *queer*, cuidó de Sylvia de una manera que su familia biológica no supo hacer. Su nueva familia le enseñó a sobrevivir en las calles.

Los términos "familia elegida" y "casas" describen formas subterráneas y *queer* de redes de cuidado y de relaciones en una comunidad. Estos sistemas de apoyo menos tradicionales les daban a los jóvenes como Sylvia una segunda oportunidad para sobrevivir.

EL ORIGEN DE LAS CASAS

Las casas son una táctica histórica de supervivencia y una tradición de la comunidad trans y *queer*. Son palabras que amigos y amantes encontraron para describir la forma en que se cuidaban unos a otros en la calle, aunque no estuvieran relacionados biológicamente.

Estas estructuras de apoyo tomaron prestado el lenguaje de los términos familiares. Roles como el de MADRE, PADRE, HERMANA y más se interpretaban libremente sin limitaciones de género. En vez de llenar un árbol genealógico, estas relaciones definían el compromiso de ayudarse mutuamente a sobrevivir.

El sistema de casas se formó clandestinamente. En aquella época, no era posible que las relaciones y adopciones de personas *queer* fueran reconocidas por un tribunal de justicia. Las casas, por tanto, incluían grupos de personas que decidían quedarse juntas, con o sin papeles. Aunque las casas tomaban prestado el lenguaje de las familias nucleares y jugaban con los nombres, sus miembros se tomaban en serio su compromiso de apoyarse mutuamente.

La cultura de los bailes, que también nació en la clandestinidad, creó un escape energético y divertido para que las comunidades (y las casas) pudieran experimentar glamur y alegría. Los bailes incluían retos competitivos y creativos, en los que las casas competían para ganar premios de baile, de diseño y de ropa. Para las personas trans y *queer* de color que sufrían varios tipos de discriminación, las casas y los bailes crearon una subcultura de apoyo que las ayudó a sobrevivir e incluso a divertirse.

Como preadolescente, Sylvia se preguntó qué posibilidades había para una chica como ella; una chica a la que siempre le habían dicho que sólo podía ser un chico. Algunas de las ideas de feminidad que Sylvia tenía venían de ver a las estrellas de cine y a las modelos en las portadas de las revistas. Sylvia veía a las actrices en la pantalla y se imaginaba en esos papeles, viviendo esas novelas. Ya que Sylvia estaba al cuidado de personas que no la avergonzaban por explorar su género, era libre de ser como quisiera.

Sylvia no sólo se sentía segura para explorar quien era, sino que también su familia elegida la alentaba a hacerlo. Para muchos jóvenes trans y *queer*, sentirse seguros para explorar quiénes son sin límites o expectativas es algo que

no han experimentado antes; este tipo de trato y aceptación les cambia la vida.

Sylvia no perdió tiempo. Ahora, además de vestirse de
forma femenina y maquillarse, su familia elegida la alentó
a probar un nombre diferente. Sylvia se había presentado
a todo el mundo con el nombre que le habían dado al nacer. Aunque Sylvia no tenía problemas con su nombre de
nacimiento, tampoco se sentía encariñada con él, sobre
todo porque para mucha gente, ese nombre confirmaba
su condición de varón. Le gustó la idea de poder elegir su
propio nombre. Para muchas personas trans, la elección

de un nuevo nombre es un hito importante que los impulsa en su camino hacia una vida auténtica. Los nombres elegidos, al igual que las familias elegidas, reafirman el derecho de cada uno a llevar su propia vida.

Ella eligió el nombre de Sylvia Lee. Sus hermanas mayores trans bendijeron el momento y su familia celebró. Lo que más le gustaba a Sylvia era cómo sonaba su nuevo nombre cuando otros lo decían para llamarla. A diferencia del nombre que le dieron al nacer, Sylvia Lee Rivera "me sentaba bien". Sus amigas la animaron a usar el nombre permanentemente, y ella accedió.

Una persona que entró en la vida de Sylvia durante esta época fue Marsha "Pay It No Mind" Johnson. Marsha era una reina de la calle y hermana mayor de las chicas más nuevas de la calle 42. Marsha era una adolescente trans negra, sólo unos años mayor que Sylvia. Al igual que otros miembros de la comunidad que sólo eran un poco mayores, pero que llevaban más tiempo aprendiendo las maneras de la vida callejera, Marsha se convirtió en mentora de Sylvia. Pronto, las dos se hicieron prácticamente hermanas.

MARSHA P. JOHNSON (1945-1992)

Marsha P. Johnson fue una de las madres del movimiento moderno de liberación trans y *queer*. Marsha nació el 25 de agosto de 1945 en Elizabeth, Nueva Jersey. A una edad temprana, Marsha empezó a expresar su deseo de vestirse de forma femenina, divirtiéndose cuando se ponía vestidos. Rápidamente experimentó reacciones negativas a su expresión de género y fue acosada durante toda su niñez. Después de graduarse de la escuela secundaria, Marsha empaquetó lo poco que tenía y se mudó a la Ciudad de Nueva York.

Una vez que encontró una comunidad en el Greenwich Village de Nueva York, fue libre para explorar quién era. Como artista *drag queen*, primero utilizó el nombre de Black Marsha. Más tarde, se cambió el nombre a Marsha P. Johnson. Johnson era el nombre del restaurante en el que trabajaba como camarera cuando llegó a Greenwich Village, y la P significaba *"pay it no mind"* o "no le hagas caso". Como persona que no se ajustaba a las normas de género, Marsha solía rechazar las preguntas sobre su género diciendo *"pay it no mind"*, "no le hagas caso". La energía soñadora y cariñosa de Marsha la convirtió en una madre y hermana muy querida por muchos, incluyendo a Sylvia.

La conexión entre Sylvia y Marsha continuó durante todas sus vidas y trabajaron juntas para hacer realidad su sueño de comunidad. Marsha sigue siendo honrada por la comunidad trans y *queer* como un modelo a seguir y, junto con Sylvia, se la considera la madre de los movimientos modernos de liberación trans, *queer* y de dos espíritus.

Una de las primeras lecciones que aprendió Sylvia en su nueva comunidad fue lo importante que era estar con su gente. A lo largo de la historia, las personas que han sufrido pobreza, falta de hogar y otras inseguridades de necesidades básicas han sido rechazadas, consideradas una molestia para los demás, señaladas y marcadas como vándalos y alborotadores. La falta de vivienda no es un delito y, sin embargo, durante siglos, los legisladores han aprobado leyes que utilizan la vagancia para justificar el arresto y expulsión de las comunidades de personas sin hogar de la vista del público. Los agentes de la ley han llevado a cabo estas prácticas mediante el aumento de la vigilancia en la comunidad y los arrestos selectivos. Además de las leyes contra las personas sin hogar, existen prácticas formales e informales de controlar la ropa que la gente puede llevar en público. Las leyes sobre el código de vestimenta que vienen de la década de 1850 se utilizaron para imponer ideas de género normativas. La policía seguía una regla informal de "tres piezas", que significaba que podían detener a las personas si no llevaban al menos tres prendas de vestir que coincidieran con el género que figuraba en su identificación. Estas prácticas no sólo intimidaban a las personas para que siguieran las normas de género, sino que también les daban a los agentes de policía una justificación para detener a las personas trans y *queer*. La policía usaba estas reglas para interrumpir las fiestas clandestinas de disfraces y los bailes de *drag*, en los que muchos asistentes trans y *queer* iban vestidos con prendas que no correspondían con su género.

En los alrededores de la calle 42, los agentes del Departamento de Policía de la Ciudad de Nueva York (NYPD) a menudo arrestaban a mujeres y niñas trans por no seguir esos códigos de vestimenta restrictivos. En su juventud, Sylvia no fue ajena a estos encuentros con la policía.

Cuando a Sylvia la arrestaban por este tipo de delitos,

Viejita iba desde El Bronx hasta el centro de la ciudad y se presentaba para ayudar a Sylvia.

"Siempre venía a sacarme de apuros. [Viejita] decía: 'Ay, ese es mi nieto. Tengo que sacarlo'". Sylvia sabía que, a pesar de utilizar la palabra "nieto", su abuela estaba tratando de aceptarla.

Más adelante en su vida, Sylvia recordó que Viejita acabó por entrar en razón y se hizo más comprensiva.

"Mi abuela estuvo asustada durante varios años hasta que hace poco [tuvo] que aceptarme tal como soy. Y ahora me llama Sylvia. Soy su nieta querida".

Los jóvenes de la calle 42 no fueron los únicos que pasaron por este tipo de vigilancia comunitaria. Tras la Orden Ejecutiva 10450 del presidente Eisenhower en 1953, casi diez mil trabajadores civiles *queer* fueron investigados, interrogados y removidos sistemáticamente de sus funciones en el gobierno. La orden alegaba que las personas *queer* constituían un riesgo para la seguridad. Tomando el nombre de la Amenaza Roja anticomunista en los Estados Unidos, esta barrida se conoció como la Amenaza Lila.

LA AMENAZA LILA

Después de la Segunda Guerra Mundial, la economía de los Estados Unidos estaba resurgiendo gracias al capitalismo. Todo lo que parecía ser anticapitalista se convirtió en un "enemigo" o "amenaza potencial". Llevado a cabo por el senador Joseph McCarthy, el MACARTISMO fue una campaña del gobierno que tenía como objetivo a presuntos comunistas. Esta época también se conoció como la Amenaza Roja. Los líderes políticos alentaron a la población civil a mantenerse alerta y denunciar a los vecinos sospechosos.

A una de las comunidades a las que se les achacó la posibilidad de ser comunistas fue la de las personas marcadas como homosexuales, incluyendo personas trans y gays. Antes de la década de 1960, la mayoría de la comunidad trans y *queer* era clandestina. No se manifestaba como *queer* en público. La Amenaza Lila fue una extensa campaña para remover de sus puestos a funcionarios del gobierno que fueran homosexuales. Fue como una caza de brujas de gente *queer*.

A la vez que el gobierno de los Estados Unidos se convertía en una superpotencia mundial durante la primera mitad del siglo xx, los líderes políticos y culturales creyeron importante tomar en serio la manera de mantener ese nuevo poder. En la esfera internacional, la ansiedad estadounidense condujo a múltiples guerras con un enemigo extranjero o una amenaza potencial. En los Estados Unidos, varias comunidades también fueron señaladas y acusadas de ser enemigos internos o amenazas potenciales para el poder estadounidense.

La Amenaza Lila devastó a los empleados del gobierno que fueron despedidos de sus puestos, y también infundió miedo a la comunidad en general. Más allá del despido de trabajadores individuales, las Amenazas Roja y Lila pretendían intimidar a todas las personas consideradas sospechosas.

Las leyes estatales y locales que imponían reglas estrictas sobre dónde uno podía vivir, qué ropa se podía poner y en qué trabajo podía participar hacían que personas como Sylvia fueran consideradas delincuentes simplemente por ser quienes eran. Pero Sylvia se negó a aceptarlo y eligió ser fiel a sí misma. *¿Cómo podía ser que ser fiel a sí misma también significara que merecía ser arrestada, una y otra vez? ¿Había cambiado algo desde que tuvo problemas en la escuela por defenderse?*

Ahora que Sylvia podía hablar con otras personas

trans y *queer* sobre lo que le había pasado, empezó a darse cuenta de lo similares que eran sus historias. No sólo existía gente como ella, sino que tampoco estaba sola en la lucha. Todos eran tratados de la misma manera por una sociedad siempre dispuesta a rechazarlos. Sylvia concentró su atención en transformar lo que estaba aprendiendo en acción. Continuó la tradición de aprender todo lo que podía de sus experiencias y compartir con los demás lo que era importante, incluyendo su nueva comprensión de que las personas vulnerables en la sociedad son a menudo las que sufren más de la violencia. Estaba atando cabos y sacando conclusiones. Por otro lado, también se fijó en cómo trataban a las personas negras a su alrededor. La libertad de poder ser ella misma estaba ligada a la libertad de todos los que la rodeaban. Se dio cuenta de que todo estaba conectado. Sylvia incluso comprendió por qué algunas personas marginadas se esforzaban tanto por integrarse, o asimilarse, a la mayoría de la sociedad.

"En realidad, ya sabes, en ese momento, [entendía] a los que bajaban la cabeza, porque probablemente tenían buenos trabajos y tenían una familia a la cual volver".

"En cambio, cuando eras obvio", explicó Sylvia, "no había nada que te retuviera".

Imaginar una feminidad que incluyera a todo tipo de mujeres ayudó a Sylvia a ampliar sus ideas de justicia. Al igual que muchas chicas, tanto trans como cis, Sylvia fue animada a tratar de pasar por una chica "de verdad". "Pasar" significaba mezclarse con la sociedad de tal manera que no se percibiera como transgénero. Sin embargo, no a todas las chicas les interesaba "pasar", incluyendo a Sylvia. Ella se negó. No le interesaba presionarse con expectativas poco realistas.

En esa época de los años sesenta, las líderes del floreciente movimiento feminista en los Estados Unidos estaban entrando en conversaciones para tratar de reequilibrar los roles de género y acabar con la violencia contra todas las mujeres. Sin embargo, muchas mujeres feministas cisgénero excluían a las mujeres trans de la conversación. Mientras que algunas mujeres trans defendían su derecho a ser vistas como mujeres, Sylvia no estaba segura de que debía dedicar su tiempo a convencer al mundo de su feminidad. No sólo le importaba poco "pasar", sino que no la convencía la idea de abogar para formar parte del equilibrio injusto de poder entre hombres y mujeres cis.

"Yo, como persona, no creo que ni un travesti ni una mujer tengan que lavarlo todo y cocinarlo todo y hacer todo lo que la sociedad burguesa les impone". Sylvia continuó:

"Eso son puras sandeces. Si tienes un amante o un amigo al que realmente quieres, lo dividen todo a la mitad".

¿QUÉ ES EL MOVIMIENTO FEMINISTA?

El FEMINISMO es la idea de igualdad social, económica y política de todas las personas, independientemente del género. El género se ha utilizado históricamente para agrupar a las personas y luego justificar la dominación de un grupo sobre el otro. Los hombres se posicionaban como el género superior, mientras que a las mujeres se las hacía sentir estructuralmente inferiores. Las mujeres eran percibidas como dependientes de los hombres y necesitadas de la colaboración masculina. Lejos de un intercambio igualitario, el género se ha utilizado para justificar la dominación.

El movimiento feminista describe más de un siglo de organización de las feministas, con múltiples oleadas de cambios. A principios del siglo XX, la primera ola del feminismo se centró en el derecho de las mujeres a votar y a participar en el debate político. En la década de 1960, la segunda ola trabajó por la igualdad de los géneros y el reequilibrio de los roles de género y el poder. La tercera ola feminista, a lo largo de los años noventa y principios de los 2000, se centró en la riqueza del individualismo y la diversidad. A partir de 2008, la cuarta ola del feminismo se centró en acabar con la violencia de género. En la década de 2020, el feminismo trans se convertirá probablemente en la próxima ola feminista, ya en camino hacia la orilla.

La segunda ola del feminismo, la de los años sesenta, que Sylvia vivió, fue pionera al desafiar las normas de género de una forma que nunca se había visto —a través de los medios de comunicación y la movilización de masas—. Las feministas pusieron fin a la noción de que los hombres eran superiores. Esto, naturalmente, se relacionó con otras formas de cuestionar los roles de género, como las relaciones *queer* y el género no binario.

Lo que para Sylvia comenzó con un intento de salvarse se transformó en una visión de liberación de todas las personas. No fue la única que tuvo esa visión; esos temas eran centrales a todos los jóvenes que llegaban a la mayoría de edad en ese momento.

Apoyada y enseñada por su familia elegida, Sylvia

comenzó a ver y comprender cómo la violencia que había experimentado en su juventud estaba interconectada con las formas de violencia que otros experimentaban. En vez de rendirse o abandonar la esperanza, estaba ansiosa por dar forma al cambio. Los astros predecían que los Estados Unidos estaban a punto de entrar en una década que vería la transformación de muchas partes de la sociedad.

La década de 1960 fue un momento crucial para crecer y ser testigo del poder de la comunidad y de la verdad. El presidente John F. Kennedy acababa de ser elegido, prometiendo a la nación "grandes respuestas a grandes preguntas", dicho así por un historiador después de la inauguración presidencial el 20 de enero de 1961. Estas preguntas incluían el papel que debía desempeñar el gobierno para transformar la injusticia y la desigualdad tanto entre sexos y géneros como entre líneas raciales. Los trabajadores, mujeres y gente de color estadounidenses, como Sylvia, esperaban este apoyo.

Pero cuando el vicepresidente Lyndon B. Johnson asumió la presidencia tras el asesinato de Kennedy en 1963, la promesa de una Nueva Frontera fue reimaginada en los planes de Johnson en el programa que llamó la Gran Sociedad. En un esfuerzo por disminuir la violencia y la injusticia, la Gran Sociedad de Johnson les decía a los pobres que les iba a "echar una mano, no una limosna".

¿QUÉ FUERON LA NUEVA FRONTERA Y LA GRAN SOCIEDAD?

Al llegar a la década de 1960, los estadounidenses ya experimentaban agitación social por la inestabilidad económica y la violencia racial. Las elecciones presidenciales de los Estados Unidos fueron una carrera reñida entre el candidato demócrata John F. Kennedy (JFK) y el candidato republicano Richard Nixon. Lyndon B. Johnson había perdido la nominación demócrata, pero se unió como candidato a la vicepresidencia. Las promesas electorales reflejaban fielmente lo que estaba ocurriendo en ese momento.

Tras la elección de Kennedy, la administración impulsó un plan para asegurar la economía y poner fin a la creciente tensión racial. Llamado la Nueva Frontera, el plan de JFK entusiasmó a muchas comunidades marginadas que creyeron en su promesa de un cambio tangible.

En noviembre de 1963, el presidente Kennedy fue

asesinado durante su campaña electoral. El asesinato de JFK precedió a los asesinatos de los líderes negros Malcolm X (1963) y Martin Luther King Jr. (1968).

Lyndon B. Johnson (LBJ) asumió la presidencia y ofreció su visión de una Gran Sociedad. LBJ llevó a cabo los objetivos de JFK en materia de derechos civiles y la aprobación de proyectos de ley de reducción de impuestos en el Congreso. Una vez reelegido, la agenda de LBJ para su Gran Sociedad se centró en fondos para la educación, la atención médica y la renovación urbana. Sus Guerras contra la Pobreza y el Crimen perjudicaron a las comunidades que fueron inundadas por la policía en vez de recibir apoyo y sustento.

La Guerra contra la Pobreza de Johnson fue una campaña del gobierno federal destinada a ayudar a familias pobres estadounidenses a salir de la pobreza. Antes de que la campaña pudiera tener algún impacto en la reducción de la pobreza en el país, la atención de la nación se centró en la política exterior. La guerra en Vietnam, Laos y Camboya había comenzado en 1955 y se presentaba al público estadounidense como una guerra entre el Vietnam del Norte procomunista y el Vietnam del Sur procapitalista.

Los Estados Unidos entraron en la guerra en agosto de 1965, motivados por su temor a que el comunismo se extendiera por toda Asia, lo que pondría en riesgo el apoyo a la economía mundial liderada por los Estados Unidos. La decisión del Congreso de intervenir en la guerra dividió aún más a la nación. Al necesitar soldados, el gobierno estadounidense ordenó el servicio militar obligatorio de los estadounidenses que cumplían los requisitos. Esto significó que la mayoría de los hombres jóvenes debían registrarse y empezar a entrenarse para la guerra. Mientras que imágenes horribles de la zona de guerra de Vietnam se imprimieron en periódicos y fueron televisadas, varias cosas sucedieron: algunos reclutas pasaron a la acción; otros se prepararon para la guerra; algunos jóvenes huyeron a Canadá; y otros llenaron las calles marchando contra la violencia.

Al mismo tiempo que la guerra de Vietnam, el movimiento por los derechos civiles que se había sembrado la década anterior creció con fuerza en todo el país. Líderes negros como el Dr. Martin Luther King Jr. y Malcolm X alentaron a todas las personas negras y oprimidas a unirse y luchar por la libertad. El derecho a la autodeterminación, a poder elegir su propio camino y destino, era el núcleo de su mensaje. El Congreso aprobó la Ley de Derechos Civiles en 1964, que prohibió la discriminación sobre la base de raza, color, sexo, religión o país de origen. Esta ley finalmente abolió las leyes de la época de Jim Crow que se habían utilizado para legalizar la discriminación contra los negros tras la abolición de la esclavitud en el siglo XIX.

¿QUÉ FUERON LAS LEYES JIM CROW?

Cuando los africanos fueron traídos por primera vez a los Estados Unidos, se los documentó como personas esclavizadas y se los consideró propiedad, sin derechos humanos. En un compromiso federal, los negros fueron contados como tres quintos de una persona, en el censo, o conteo de la población de un estado. La esclavitud fue legalizada y apoyada por los Estados Unidos mediante leyes y prácticas hasta la segunda mitad del siglo XIX cuando el 6 de diciembre de 1865 fue ratificada la enmienda #13 de la Constitucion y finalmente la esclavitud fue ilegalizada.

Inmediatamente después de la abolición de la esclavitud, se establecieron códigos para negros con el fin de determinar cómo podían trabajar los que habían sido esclavos y cuánto debían ganar. Estos códigos creaban lagunas legales para poner en práctica la segregación racial.

Las **LEYES JIM CROW** describen las leyes adoptadas por los gobiernos estatales y locales desde finales del siglo XIX hasta mediados del siglo XX. Estas leyes estaban designadas para impedir que las personas negras alcanzaran igualdad o comunidad. Las leyes Jim Crow imponían la segregación racial en todos los lugares públicos mayormente de los estados que habían sido parte de la Confederación. Estas leyes fueron confirmadas por la decisión del Tribunal Supremo en el caso Plessy v. Ferguson, que declaró que la doctrina de "separados pero iguales" era constitucional.

La Ley del Derecho al Voto se aprobó un año después de la Ley de Derechos Civiles, en 1965. Las comunidades de color celebraron estas victorias como signos de progreso, pero las las leyes no lograron mejorar la vida cotidiana de las comunidades negras y de otras personas de color.

Tanto el movimiento por la paz como el de los derechos civiles movilizaron a masas de personas en toda la nación. Mientras enfrentamientos violentos entre la policía y los manifestantes llenaban las pantallas de televisión, los líderes comunitarios buscaban alternativas y soluciones pacíficas para los conflictos. El Dr. Martin Luther King Jr. se unió a los líderes del movimiento por la paz, como el monje budista Thích Nhất Hạnh, para pedir a la gente que avanzara hacia lo que King llamaba una "comunidad querida".

A mediados de la década de 1960, algunos líderes negros empezaron a cambiar su estrategia: si el gobierno no podía y/o no quería mantener a la gente a salvo, la gente debía mantenerse a salvo por sí misma. Bobby Seale y Huey P. Newton crearon el Partido Pantera Negra de Autodefensa (BPP) en Oakland, California. Las Panteras Negras cambiaron el guion: Poder Negro.

El PARTIDO PANTERA NEGRA DE AUTO-DEFENSA fue una organización creada por Huey P. Newton y Bobby Seale, dos estudiantes universitarios negros de Merrit College en Oakland, California, en octubre de 1966. El grupo se conoce a menudo como el Partido de las Panteras Negras (BPP). El BPP aprendió del movimiento por los derechos civiles y creció a partir de él. Los líderes del partido tomaron nota de los éxitos y atascos que los líderes de los movimientos por los derechos civiles experimentaron a lo largo de la década de 1960. Aunque se aprobaron múltiples leyes de derechos civiles en el Congreso, las experiencias cotidianas de los negros no cambiaron. El Partido de las Panteras Negras creía que había llegado el momento de que la comunidad se protegiera a sí misma.

Las Panteras Negras introdujeron una nueva era de organización cultural en los Estados Unidos. La visión de las Panteras Negras se resumió en su Programa de Diez Puntos, que delinea sus demandas para el Poder Negro: *Autodeterminación. Empleo. Fin al capitalismo. Vivienda. Educación. No al servicio militar forzado. Fin a la brutalidad policial. Libertad de prisiones. Ser juzgado por iguales. Paz.*

Su misión se transformó en programas comunitarios que incluían programas de desayuno para niños, ambulancias comunitarias y otros. El BPP se extendió por todo el país y alcanzó su máximo nivel de afiliación con cinco mil miembros en 1969. El estilo de vestir y de organizar del BPP atrajo a muchos jóvenes a la acción, incluyendo a comunidades que no eran negras. A medida que sus números crecían, el gobierno empezó a temer la influencia de las Panteras Negras. El grupo pronto fue infiltrado y derribado por el gobierno estadounidense. Los líderes del BPP fueron considerados enemigos internos y amenazas potenciales para el poder estadounidense.

En la Ciudad de Nueva York, estudiantes, gente de la calle y muchos miembros de la comunidad organizaron manifestaciones masivas que exigían darle "todo el poder a la gente". Los Young Lords eran una banda callejera procedente de Chicago que se movía con la visión de una organización política para proteger la autodeterminación de los puertorriqueños, los latinos y otras personas del tercer mundo. Muchas veces, Sylvia se unió a las acciones de la sede de los Young Lords en Nueva York, aunque no llegó a ser miembro oficial.

Estos movimientos visionarios de raíz comunitaria, con su enfoque en la paz y la justicia, inculcaron en Sylvia un compromiso de crear una "comunidad querida" en la cual todas las personas se sentirían acogidas y apoyadas. Dado que las personas de la calle, muchas de las cuales eran también personas de color, habían sufrido la violencia del Estado por parte de la policía, los funcionarios públicos y los militares, se unieron a la primera línea de muchas manifestaciones públicas. Poner sus cuerpos en juego por la paz y los derechos civiles tenía sentido para las personas trans y *queer*, que sabían exactamente lo que se sentía cuando eran atacadas por el simple hecho de existir.

Sin embargo, el apoyo y la solidaridad que las personas de la calle ofrecieron a estos movimientos de justicia social no siempre fueron reciprocados. Dentro de la comunidad trans y *queer*, las personas *queer* de la calle eran a menudo devaluadas y marginadas. Esto les hizo preguntarse: "¿Por qué los que dicen defender la paz y los derechos civiles no están dispuestos a ampliar su visión para incluir a los miembros de la comunidad *queer* de la calle?".

A medida que avanzaba la década, las personas trans y *queer* soñaban con una libertad que incluyera a todos, independientemente de quiénes fueran o a quiénes amaran. Y utilizando lo que aprendieron de otros movimientos sociales, empezaron a luchar cada vez que podían.

Una noche de agosto de 1966, en el distrito Tenderloin de San Francisco, las *drag queens* y la comunidad *queer* se levantaron contra el constante acoso policial al cual se enfrentaban cuando iban a la cafetería Compton's. Gene Compton's era un lugar popular donde las *drag queens* y los *queer* se reunían después de una larga noche de fiesta. Cuando los policías de San Francisco intentaron detener a algunos clientes sin motivo, los clientes les lanzaron saleros y otros objetos. A finales de la década de 1960 se produjeron más levantamientos como el de Compton's, cuando los *queer* empezaron a resistirse abiertamente a sus opresores. Era sólo cuestión de tiempo que la acción llegara a donde estaba Sylvia en Nueva York.

CAPÍTULO TRES

LAS REINAS CABALGAN A LA BATALLA

Sylvia ya no estaba sola en su lucha. A finales de los años sesenta, había creado una comunidad con muchos otros adolescentes trans y *queer* que también procedían de hogares sin amor, pero que estaban decididos a vivir.

Después de unos años en la calle 42, Sylvia, como otras antes que ella, comenzó a ser mentora de las chicas que iban llegando. Todos los miembros de la comunidad de Sylvia se protegían mutuamente, lo que les permitía... ¡divertirse! Cuando encontraban un lugar seguro para relajarse juntos, la comunidad se regocijaba. Con lo poco que tenían, utilizaban su creatividad y energía para hacerlo funcionar.

Las culturas dominantes han mantenido el poder

históricamente controlando y limitando las formas en que los individuos pueden expresarse. Las subculturas que no se han podido defender se ven a menudo obligadas a buscar refugio tras puertas cerradas, o en la clandestinidad. Incluso bajo presión y con riesgo para sus vidas, muchos grupos oprimidos se niegan a deshacerse de las partes de sí mismos que son fundamentales para ser quienes son. Encuentran formas creativas de mantener su espíritu y escapar de la vigilancia. Las actividades en las cuales participa el cuerpo —la danza, el canto y el arte— han proporcionado a menudo este tipo de salidas. Estas prácticas ofrecen a los oprimidos una forma de fortalecer la esperanza y, cuando llega el momento, de levantarse contra sus opresores.

En la Ciudad de Nueva York, los agentes de la policía se usaron durante mucho tiempo como un arma contra las personas de color pobres y *queer*. Las prácticas estatales, tal como la reglas de las "tres piezas", intimidaban al público para que siguiera las normas de género y daban a los agentes de policía las causas probables que necesitaban para detener a Sylvia y miles de otras personas trans y *queer* de la calle a menudo por llevar ropa "incorrecta" en los espacios públicos.

Los jóvenes trans y *queer* no tomaron ese abuso con calma. Decididos a vivir la vida por la cual Sylvia y otros dejaron sus hogares, eligieron la libertad por encima de la obediencia.

Lugares como los clubes de baile *queer* y los salones de baile clandestinos ofrecían un refugio para que la gente se relajara y se divirtiera. El Stonewall Inn era un bar *queer* en el corazón del Greenwich Village de la Ciudad de Nueva York al que acudían miembros de la comunidad para bailar y pasar el rato. Lugares como el Stonewall eran bien conocidos por las comunidades trans y *queer* que los frecuentaban, pero a menudo se ocultaban del público y de las fuerzas del orden. Eran un descanso del mundo exterior. El Stonewall Inn era uno de esos lugares donde los miembros de la comunidad *queer* podían conectarse y divertirse como querían.

Irónicamente, los porteros gay masculinos no siempre permitían la entrada de las chicas femeninas y las *drag queens* a Stonewall. Los pocos espacios clandestinos *queer* que existían en la época solían servir a los hombres blancos gays con dinero, lo que dejaba afuera a las personas trans, a los *queer* pobres y a las personas de color. En los ojos de este sector de la comunidad, Sylvia y otros *queer* de la calle no tenían clase. Bien versados en cómo lidiar con la exclusión, Sylvia y sus amigos encontraron la manera de entrar.

"Podías entrar en el Stonewall si te conocían, y sólo había un número determinado de *drag queens* que podían entrar en el Stonewall en aquella época", relató Sylvia.

Independientemente de si se permitía o no la entrada a todos los *queer*, el Stonewall era visto por la mafia y la policía de Nueva York como un cebo fácil, tanto para obtener dinero como para realizar detenciones.

El Stonewall, al igual que muchos bares para los *queer*,

operaba bajo múltiples capas de poder. El bar era propiedad de miembros de la mafia, que negociaban acuerdos ilegales con la policía de Nueva York. A cambio de pagos en efectivo, los agentes no siempre arrestaban a los propietarios del bar por vender licor de contrabando. Muchos bares de la década de 1960 eran en realidad pequeños clubes privados que no tenían licencia y se escondían de las inspecciones municipales. En el Stonewall y otros bares de los *queer*, si no se pagaba a la policía, los clientes corrían el riesgo de ser arrestados, ya que era ilegal que los *queer* fueran vistos juntos en público. A veces, la mafia permitía la detención de algunos de los clientes para pagar el saldo de su deuda con la policía de Nueva York.

"Estas son las cosas con las que aprendimos a vivir", recordaba Sylvia. La única lealtad que tenían los dueños era a las ganancias.

Antes de las Panteras Negras, se esperaba que los movimientos por la justicia se resistieran a la violencia sin reciprocar, en una forma digna y burocrática. El objetivo de una organización respetable era demostrar que los oprimidos podían encajar en el sistema del opresor. El levantamiento de la cafetería Compton's en San Francisco en 1966 fue un ejemplo de personas trans y *queer* que se resistieron abiertamente a la violencia del Estado, y que lucharon contra la discriminación policial sin importarles cómo eran percibidos. Se negaron con valentía a que se los llevaran fácilmente. Por eso, cuando los agentes de la policía de Nueva York decidieron arrestar a todos los que estaban dentro del Stonewall una noche de junio, había llegado el momento para las *drag queens* de la ciudad de Nueva York.

Sylvia lo había estado esperando.

"Fue como un regalo de Dios para mí", dijo Sylvia. "Quiero decir que, por casualidad, estaba allí cuando todo empezó. Dije, 'Ah, bueno. Ahora es mi momento. He estado siendo revolucionaria para todos los demás. Ahora es el momento de hacer lo mío por mi propia gente'".

El martes, 24 de junio de 1969, la División de Moral Pública de la policía de Nueva York allanó el Stonewall Inn. Se llevaron a los clientes, confiscaron el licor y arrestaron al personal. Uno de los propietarios del bar le dejó claro al inspector Seymour Pine que el Stonewall Inn volvería a estar abierto al día siguiente. Cumplió su promesa. Así que el inspector Pine volvió una vez más ese fin de semana, esta vez con refuerzos.

Después de medianoche, el 28 de junio, las luces se encendieron de repente en el Stonewall Inn; había comenzado otra redada policial. Los clientes estaban acostumbrados a estas redadas, ya que pasaban casi semanalmente. La rutina era la siguiente:

1. El Departamento de Policía de Nueva York (NYPD) llegaba.
2. Los agentes se llevaban todo el alcohol y su soborno.
3. Los agentes salían y echaban el cerrojo a la puerta, tras haber detenido quizás a algunas personas.
4. Después de quince minutos, los propietarios del bar rompían el cerrojo y volvían a abrir.

Pero esa noche, el soborno no fue suficiente. La sala se congeló cuando la policía de Nueva York anunció que la redada continuaría. Su nuevo plan para esa noche era llevarse el alcohol y el dinero, y detener a cualquiera que estuviera en el bar sin identificación apropiada y ropa adecuada. En una multitud de *queer*, las posibilidades de que la identificación gubernamental de alguien no coincida con su apariencia son altas, lo que significaba que muchos clientes estaban a punto de ser arrestados.

"No estaba completamente vestida en *drag*", recordaba Sylvia. "Iba vestida, ya sabes, de forma muy agradable. Llevaba un traje de mujer. Los pantalones de campana estaban de moda. Me había hecho un fabuloso traje en casa, y lo llevaba puesto y tenía el pelo suelto. Mucho maquillaje, mucho pelo".

Los agentes ordenaron a la multitud que se dividiera en tres grupos: hombres, mujeres y "otros". Los policías revisaron la ropa y la identificación de las personas al salir. Las personas trans y genderqueer sin identificación o sin la ropa "adecuada" fueron retenidas en el ropero. La tensión aumentó dentro del ropero entre los amigos que sabían que iban para la cárcel. Sylvia empezó a preguntarse: "¿Por qué tenemos que aceptar que nos traten así?".

Los clientes que habían sido liberados esperaban fuera del Stonewall a que dejaran salir a sus amigos. Al otro lado de la calle del Stonewall había un parque en el que se reunieron los grupos mientras esperaban. Cada vez que alguien salía por las puertas, era recibido por una multitud que lo aclamaba. En medio de la incertidumbre, la energía de esos pequeños momentos era electrizante.

Entonces, los miembros de la comunidad que habían sido detenidos fueron conducidos al exterior y metidos en el carro de la policía. Según Sylvia, hubo un momento en el caos en el que el aire a su alrededor se congeló y todos se dieron cuenta de lo que estaba a punto de suceder.

"No sé si fueron los clientes o la policía. Simplemente..." Sylvia chasqueó los dedos. "Todo encajó".

Monedas de cinco, diez y veinticinco centavos empezaron a volar hacia los agentes. La multitud gritaba "¡Soborno!" mientras lanzaba las monedas. *La policía de Nueva York ya tenía su dinero, ¿por qué seguían llevándose a nuestra gente?* A medida que la frustración se intensificaba en la multitud, las monedas dieron paso a objetos pesados.

Los detenidos esposados aprovecharon la oportunidad y comenzaron a resistirse. Sus amigos, que habían esperado fuera, abrieron las puertas del carro de la policía. En seguida, la multitud se dio cuenta de lo que estaba ocurriendo y empezó a ayudar mientras las reinas esposadas desaparecían entre la multitud. La situación se volvió contra los agentes que iniciaron la redada.

Las monedas se convirtieron en piedras y parquímetros. Rompieron ventanas y prendieron fuego a los basureros. El inspector Pine y su equipo se retiraron al interior del bar para refugiarse.

En el exterior, la multitud creció en tamaño, energía

y furia. A los más de cuarenta clientes de Stonewall, se unieron ahora cientos de personas. Llamaron a amigos, vecinos y transeúntes de los bares y edificios de apartamentos de los alrededores. Para los *queer* que conocían la brutalidad policial, la energía era irresistible.

"Fue un gesto dramático de desafío".

Cuando una persona lanzó una piedra y rompió una de las ventanas del segundo piso del Stonewall Inn, la multitud, como hipnotizada, dejó escapar un "oooooh".

En un momento dado, un agente abrió la puerta del Stonewall y apuntó con su arma hacia la multitud con la orden de que todos se dispersaran. Pero la multitud se negó. Con los policías encerrados en el bar, la multitud se quedó durante horas. Algunos incluso se fueron a casa a descansar y volvieron después. Sabiendo que los agentes estaban atrapados, el inspector Pine llamó a la Fuerza de Patrulla Táctica (TPF). La TPF era conocida en toda la comunidad como el ejército de la ciudad en tiempos de disturbios. Equipados con armamento de grado militar, la TPF entró en escena e hizo retroceder a la multitud.

Un coro de reinas empezó a dar patadas a los policías y cantó: "Somos las chicas del Village / Llevamos el pelo rizado / Llevamos nuestros petos / Por encima de nuestras rodillas de mujercitas / Y cuando se trata de chicos / Simplemente hipnotizamos...".

La canción se cortó cuando la TPF cargó en su dirección.

Caos.

Se produjeron peleas entre los agentes de la TPF y los miembros de la comunidad. Se volcaron coches. El tráfico estaba bloqueado y la gente gritaba. La muchedumbre fue empujada hacia la Séptima Avenida, pero se dividió en dos, desplazándose por las pequeñas calles del Village. Durante un breve periodo de tiempo, la multitud se divirtió con la persecución que tenía tipo de ser un desfile, pero todas las distracciones terminaron cuando la policía utilizó gas lacrimógeno contra los alborotadores, obligando a todos a abandonar la zona.

Tras la primera noche de protestas, trece personas habían sido detenidas. Las pocas personas que se encontraban en los alrededores del Village al salir el sol recogieron trozos de la escena de la noche. Los cristales rotos brillaban en el suelo, y el olor de las hogueras de los basureros todavía llenaba el aire.

El periódico *The Village Voice* criticó a la comunidad por defenderse de la policía de Nueva York y de la TPF, pero también reflejó que un altercado con un grupo de *queer* había sido difícil de controlar para los agentes. Esto supuso un punto de inflexión en las actitudes de las personas trans y *queer*, que se dieron cuenta de su fuerza individual y colectiva.

Esa noche, otra muchedumbre se reunió frente al Stonewall, revigorizada. Se entonaron cánticos mientras se prendía fuego a más cubos de basura. Los agentes de policía volvieron al lugar y desalojaron al grupo una vez más, sólo para que volvieran a aparecer a la noche siguiente.

Los levantamientos de Stonewall duraron seis días.

Antes de Stonewall, las experiencias vividas por los

transexuales y los *queer* solían estar restringidas a la vida nocturna, ocultas y mantenidas en secreto. El levantamiento de Stonewall, junto con la atención que recibió de los medios, creó un cambio cultural en lo que significaba ser *queer*. La comunidad trans y *queer* ya no experimentaría abusos de poder injustos en silencio. Había llegado el momento de manifestarse, en voz alta y con orgullo.

Stonewall transformó una chispa en un movimiento.

La revolución había llegado.

Una vez que las noticias de los levantamientos de Stonewall se extendieron por todo el país, las comunidades *queer* ya no tenían que vivir en silencio. Era hora de salir de las sombras. La visibilidad trajo consigo preguntas como *¿Quiénes somos? ¿Quién soy yo?* Eran preguntas similares a las que las feministas y los líderes del movimiento de derechos civiles consideraban a lo largo de la década de 1960. Ahora que las personas trans y *queer* estaban rompiendo su aislamiento y narrando sus historias, se abrió un espacio para que la comunidad hablara de la verdad que habían sentido durante mucho tiempo. El cambio cultural que introdujo el fenómeno *queer* al ámbito público abrió las puertas a muchas posibilidades. Por primera vez a tan gran escala, las personas *queer* estaban visualizando abiertamente la libertad. Las estrellas empezaban a brillar.

CAPÍTULO CUATRO

LAS ESTRELLAS QUE CAEN

Después de los levantamientos de Stonewall, las personas trans y *queer* estaban ansiosas por aprovechar el impulso. Ya no estaban al margen de la acción, sino a la cabeza. Las revueltas no cambiaron el modo en que la policía de Nueva York se relacionaba con los miembros de la comunidad, pero les dieron valor a las personas trans y *queer* que anhelaban la libertad.

Lo que los levantamientos dejaron claro fue que las personas trans y *queer* tenían el poder de defenderse a sí mismas y a su comunidad contra cualquiera que intentara hacerles daño. Ya no se mantendrían en las sombras y silenciadas. Era el momento de que la comunidad fuera "¡Gay y orgullosa!".

Hubo una oleada de miembros de la comunidad que ahora vieron su salida del armario como un acto político, alentados por la percepción pública hacia las personas *queer*. Identificarse abiertamente como *queer* era un riesgo, pero ahora se consideraba necesario para impulsar el cambio social. Por primera vez, los amigos *queer* que vivían abiertamente animaban a las otras personas *queer* a hacer lo mismo. Si el poder está en los números, las personas *queer* sabían que necesitaban a todos los que pudieran reunir.

Grupos de personas *queer* de todo el país se movilizaron para actuar. Los que habían participado en la organización contra la guerra y por los derechos civiles se unieron ahora a organizaciones centradas en los *queer*.

Organizarse abiertamente les permitió a las personas *queer* incorporar su persona completa en su defensa. Mientras que antes era normal que cuando se abogaba por la paz y la justicia racial no se incluyera la homosexualidad, los activistas feministas y *queer* ayudaron a introducir el género en la conversación sobre la libertad. Las personas *queer* desafiaron el diagnóstico aceptado médicamente en ese tiempo de que la homosexualidad era una enfermedad mental. Aprendiendo de las feministas que afirmaban y protegían su propia cordura cuando se las llamaba de otra manera, las personas *queer* siguieron su ejemplo.

Este cambio radical de visibilidad ayudó a la comunidad *queer* a entrar en el diálogo nacional. Toda una vida de mantener su identidad oculta del ojo público había llegado al fin.

Los levantamientos de Stonewall fueron una salida del armario para la comunidad entera. Y una cosa era cierta: la comunidad tenía que mantenerse firme.

Antes de los levantamientos de Stonewall, había dos grupos secretos de gays y lesbianas, activos políticamente, llamados la Sociedad Mattachine (MS) y las Hijas de Bilitis (DOB), respectivamente. Ambas organizaciones se habían formado más de una década antes de las revueltas de 1969 pero habían funcionado principalmente en la clandestinidad durante la década de 1950.

En las semanas siguientes a Stonewall, los activistas de la Sociedad Mattachine y las Hijas de Bilitis de Nueva York se organizaron en el Comité de Acción Mattachine. Mientras que Mattachine y las Hijas eran dirigidas por líderes *queer* de mayor edad, el comité de acción era dirigido por jóvenes activistas radicales listos a salir de la clandestinidad, que empujaron a los líderes de la MS y de la DOB a prestar atención a lo que estaba ocurriendo en las calles.

La colíder Martha Shelley y otros miembros del comité estaban dispuestos a actuar y querían convocar una marcha. Así lo hicieron.

El 29 de julio de 1969, sólo un mes después de los levantamientos, más de quinientas personas se reunieron frente al Stonewall y marcharon por la calle Christopher. Según los informes, el pico de asistencia a la marcha fue de aproximadamente dos mil personas.

MARTHA SHELLEY nació en Brooklyn, Nueva York, el 27 de diciembre de 1943, de padres rusos y polacos que eran judíos. Activista, escritora y poeta, Martha es reconocida como una de las líderes del movimiento feminista de lesbianas, ya que fue presidenta de las Hijas de Bilitis (DOB) y formó parte del grupo de unas veinte personas que formaron el Frente de Liberación Gay tras los disturbios de Stonewall.

A finales de 1969, los activistas de la ciudad de Nueva York formaron un nuevo grupo bien inclusivo llamado el Frente de Liberación Gay (GLF). El ejército de liberación de Vietnam del Norte inspiró el nombre del Frente de Liberación Gay. El Frente de Liberación Nacional de Vietnam del Norte estaba formado por campesinos vietnamitas "que se atrevieron a enfrentarse al ejército más poderoso del mundo". Con este espíritu, el GLF les dio la bienvenida a todos los miembros de la comunidad y a sus aliados para que pudieran unir sus fuerzas para lograr la liberación gay (*queer*). La visión de justicia del grupo no sólo incluía la identidad gay, sino que también tenía en cuenta todos los géneros, orígenes étnicos y clases sociales. Después de una década de muchos movimientos monotemáticos, para los dirigentes del GLF, tenía sentido que la visión del grupo incluyera como objetivo la liberación de todos.

Poner en práctica esa visión resultó más difícil de lo que imaginaron. Mientras que durante los levantamientos fue fácil saber quién estaba en la comunidad y quién no, mantenerse unidos a lo largo del tiempo fue un reto. Grupos pequeños del GLF se separaron al sentir la presión que las diferencias políticas ponían en la unidad del grupo. A los jóvenes menores de veintiún años no les permitían unirse al GLF, una medida de precaución de los líderes *queer* de más edad que querían evitar que el grupo fuera acusado de reclutar a menores. Esto llevó a los jóvenes a formar su propio grupo, llamado Juventud Gay, (GY), y comenzaron a organizar sus propios espacios, eventos y leyes. GY se convirtió en un centro para la comunidad de los jóvenes gays, más que nada chicos gays, de toda la ciudad.

Radicalesbians fue otro grupo que nació de la semilla

del GLF, dirigido por mujeres homosexuales. Las líderes lesbianas tenían en cuenta tanto la homofobia como el sexismo. Los miembros de la comunidad que deseaban centrarse únicamente en la liberación de los hombres gays formaron la Alianza de Activistas Gays (GAA). La GAA era dirigida principalmente por hombres blancos homosexuales de clase media.

Sylvia y otras reinas de la calle querían conectarse con los distintos grupos, pero ninguno quería darles la bienvenida.

Una tarde, Sylvia y sus amigas llamaron a los responsables de la GAA y preguntaron si el grupo acogía a las reinas. Ninguna de ellas se identificaba como hombre, pero tenían curiosidad por ver si el espacio las aceptaba.

"Yo estaba allí cuando la GAA empezó, cuatro meses, cuando la GAA tenía cuatro meses de vida", dijo Sylvia en una entrevista en 1989. "Hice una llamada telefónica desde Jersey y dije: '¿Aceptan travestis? En aquella época, todavía utilizaba la palabra 'drag queen'. Dije: '¿Aceptan drag queens?' 'Claro, vengan'".

Así que "se fueron desde Jersey para la reunión, y [entraron], [echaron] un vistazo, y no había más que homosexuales masculinos machotes que siempre oprimían a los travestis".

Pero eso no las detuvo.

"Estábamos vestidas muy extravagantemente con el maquillaje y todo, ya sabes, dándonos aires, ya sabes, luciendo realmente... hermosas. Así que nos fuimos. Caminamos por la cuadra y regresamos y nos asomamos otra vez. Dije, 'No, vámonos a casa'. Caminamos unas cinco cuadras. Y dije: 'No. Vamos a entrar y asustarlos porque sí'". *Nada* detenía a Sylvia.

Cuando el grupo de amigos entró, se les pidió que firmaran.

"¿Cómo te llamas?".

"Me llamo Sylvia".

"¿Cómo te llamas?".

Sylvia repitió: "¡Soy Sylvia!".

Pero el representante de la GAA se negó. "No podemos aceptar ese nombre".

Enojada y decidida, Sylvia escribió su nombre elegido, pero incluyó su nombre de pila al lado. Aunque asumía que no iba a ser bienvenida, tenía la esperanza de estar equivocada.

"Escribí 'Sylvia Lee Rivera', pero entre paréntesis tengo costumbre de poner 'Ray Rivera', mi verdadero nombre. Incluso los hombres machotes, ya sabes, los varones homosexuales que tienen complejos con su sexismo siempre discriminan contra los travestis porque simplemente no pueden... Estamos amenazando su masculinidad. Eso es lo que sienten".

La petición de "nombres reales" tenía por objeto avergonzar a las chicas, pero entraron de todos modos y tomaron asiento. *Al fin y al cabo, ¿adonde más iban a ir?*

Múltiples organizaciones de la ciudad siguieron trabajando juntas mientras elaboraban una estrategia. La coalición se propuso luchar por el reconocimiento legal y la protección contra la violencia. De la misma manera que los grupos de derechos civiles habían exigido que se los considerara como iguales ante la ley estadounidense, los grupos *queer* exigían un cambio de política a sus representantes.

Una de las primeras campañas en las que los grupos de la Ciudad de Nueva York se enfocaron fue la Intro 475. Ese proyecto de ley fue una ordenanza municipal que proponía prohibir la discriminación contra las personas trans y *queer*. Los líderes sabían que para que las personas *queer* fueran protegidas por la ley, los legisladores tendrían que creer en las identidades *queer* y ampliar las protecciones legales para que acogieran al grupo. Los grupos de GLF se propusieron conseguir apoyo para el proyecto de ley.

Sylvia se unió a la campaña para ayudar a aprobar la Intro 475. Caminó por el barrio y recogió firmas en apoyo del proyecto de ley. A todas las personas con quienes hablaba, las animaba a unirse al activismo. A través de su experiencia como organizadora de la paz y los derechos civiles, Sylvia había aprendido lo importantes que eran las comunidades unidas y las relaciones. ¡El poder de la gente requiere mucha gente!

En abril de 1970, cuando Sylvia estaba recogiendo firmas en la calle 42, los agentes de la policía local le dijeron que no podía hacerlo. Con montones de peticiones firmadas en la mano, Sylvia no se echó atrás. Insistió en que tenía derecho de recoger firmas y se negó a parar.

"Los policías se acercaron a mí y [dijeron]: 'No, no, no, no, no puedes hacer eso. O te vas o te arrestamos'. Dije: 'Pues bueno, arréstenme'. Me agarraron muy amablemente, me tiraron en un coche de policía y me llevaron a la cárcel", explicó Sylvia.

Estos momentos dejaron claro lo dedicada que estaba Sylvia al trabajo, y que su comunidad estaba dedicada a ella. Muchos llenaron la sala del tribunal durante la vista del caso de Sylvia alrededor de un mes luego de su arresto para mostrar al juez la fuerte comunidad de la que formaba parte. Luego de examinar el caso, el juez dijo a la corte, "El país está alborotado, ¿y ustedes se están metiendo con una persona por recoger firmas?". El juez rápidamente retiró los cargos, y una vez fuera de la cárcel, Sylvia volvió a recoger firmas.

Durante el periodo antes de junio de 1970, los líderes de la comunidad se enfocaron en organizar una marcha para conmemorar el primer aniversario de los levantamientos de Stonewall. El comité de acción del GLF votó formalmente para cambiar el nombre del Día del Recordatorio anual por el Día de la Liberación de Christopher Street (CSLD). El Día del Recordatorio era un piquete anual organizado por la Sociedad Mattachine cada 4 de julio en frente de Independence Hall en Filadelfia. Aunque el Día del Recordatorio tenía como objeto recordarle al público que los derechos constitucionales de las personas *queer* no se les reconocían, estallaron tensiones dentro de la comunidad cuando los organizadores del evento pidieron a la muchedumbre que actuara de forma respetable, o "menos *queer*".

El Día de la Liberación de Christopher Street, en cambio, fue un mensaje al mundo de que las personas *queer* no se avergonzaban de lo que eran. De hecho, estaban *orgullosas*. Dado que ser abiertamente *queer* en público todavía se consideraba un delito, la decisión de marchar fue audaz y se consideró necesaria.

A la vez que los organizadores planeaban el CSLD, protestas encabezadas por los *queer*, periódicos *queer* y organizaciones lideradas por personas *queer* surgían por todas partes. Cuando los organizadores de la marcha del orgullo solicitaron el permiso, fue rechazado. La policía de Nueva York se mantuvo atenta a lo que ocurría. En vez de darles el permiso, la policía llamó al comité de planificación de la marcha a una reunión en la sede de la tercera división de la NYPD. En la reunión participaron tenientes, inspectores y funcionarios del departamento de policía. Incluso el inspector Pine, que dirigió la redada en Stonewall, se sentó al otro lado de la mesa del comité.

El departamento hizo preguntas y los organizadores revisaron el recorrido que habían planeado. Los organizadores del evento también preguntaron si los agentes planeaban detener a las personas que se vistieran con ropa que no coincidiera con el género que figuraba en sus documentos de identidad. La respuesta fue que la información no se podía compartir, lo que dejó a los organizadores del CSLD sin estar al tanto.

Sin aprobación, los organizadores siguieron adelante. Los organizadores de otras ciudades también se esforza-

ron por llevar la marcha del CSLD a sus ciudades. Los activistas de Chicago y San Francisco organizaron marchas ese verano.

El 28 de junio de 1970, miles de personas se reunieron cerca de West Washington Place, a unas pocas cuadras de donde habían ocurrido los levantamientos el año anterior. Marcharon por las calles cogidas de la mano, cantando y divirtiéndose. Cantaron "¡P! ¡O! ¡D! ¡E! ¡R! ¡Poder gay!".

Sylvia y otras personas trans marcharon en grupo junto a la Juventud Gay cerca de la parte delantera de la procesión de quince cuadras.

Los organizadores no habían esperado semejante participación, pero su objetivo se cumplió; su trabajo había garantizado que los levantamientos de junio de 1969 quedaran consignados en la historia.

Para septiembre, Sylvia volvió a quedarse sin hogar. La dedicación y el esfuerzo que puso en el movimiento no la habían ayudado a escapar de la pobreza.

Mientras dormía en el parque de Sheridan Square, Bob Kohler, un activista gay de edad avanzada que había ayudado a lanzar la GLF, la vio. Se dirigía a la Universidad de Nueva York (NYU) para apoyar a un grupo de estudiantes que estaban en medio de una sentada. Las protestas lideradas por estudiantes se habían convertido en algo habitual en la década de 1960 y continuaron en la de 1970.

Bob compartió lo que sabía sobre lo que estaba ocurriendo en NYU y por qué. Le contó a Sylvia cómo los estudiantes homosexuales tomaron el sótano de un edificio del campus y exigieron el apoyo de la administración de la Universidad. Los estudiantes de la Universidad de Columbia, al otro lado de la ciudad, también habían organizado una acción en apoyo de los derechos de los homosexuales el año anterior. En ese momento, Sylvia tenía diecinueve años, el promedio de edad de la mayoría de los estudiantes universitarios. Bob le advirtió que la acción podría ser intensa, pero Sylvia lo siguió de todos modos.

La sentada estudiantil tuvo lugar en el sótano del Weinstein Hall de NYU para protestar la falta de apoyo de la administración a los estudiantes trans y *queer*. Múltiples grupos comunitarios se reunieron en solidaridad con la asociación de Liberación de Estudiantes Gay, de NYU. Entre los presentes se encontraban miembros del Frente de Liberación Gay, del comité del Día de la Liberación de Christopher Street, Radicalesbians, Alianza Activista Gay y Juventud Gay.

Sylvia se unió a la multitud de manifestantes, y se mezcló tanto con estudiantes como con miembros de la comunidad. También estaban ahí algunos amigos suyos de su comunidad de la calle. La sentada fue una oportunidad para que diferentes personas intercambiaran historias sobre sus experiencias en el campus de la universidad o mientras vivían en la calle. La conversación llenó las horas de los múltiples días que ocuparon Weinstein Hall. La narración de historias ayudó a sacar a la luz las experiencias similares de los miembros del grupo y, al mismo tiempo, las partes de sus historias que eran únicas.

El intercambio entre los miembros de la comunidad profundizó su comprensión de los demás y de sí mismos.

Las conversaciones dentro de Weinstein Hall fueron una de las primeras veces que Sylvia y otras personas trans trataron de poner en palabras sus experiencias con el género. En aquella época, las chicas trans y las reinas seguían siendo consideradas como gays súper femeninos, lo que no era su verdad. Sí, las personas trans sufrían homofobia y discriminación por ser vistas como *queer*, pero había algo más en sus historias. Siempre ha habido algo más en las experiencias de las personas *queer* que además cruzan las líneas y los roles de género. Por fin, esas historias silenciadas durante tanto tiempo se estaban contando en voz alta.

La protesta no sólo despertó un sentimiento de autodescubrimiento, sino que también puso de manifiesto aspectos fundamentales que experimentaban muchos miembros de la comunidad trans. Las diferencias en la experiencia de las personas trans y los hombres gays que no son trans elevó la cuestión de cómo destacar las partes diferentes de la experiencia de cada comunidad. Los elevados números de jóvenes trans que componen las poblaciones locales de personas sin hogar son evidencia de la urgencia de proveer vivienda y otras necesidades básicas para ese grupo. Tener acceso a viviendas temporales en el sótano de la Universidad de Nueva York le recordó al grupo lo urgente que era solucionar el tema de la pobreza.

Animados por la energía que llenaba el sótano del edificio de la Universidad de Nueva York, Sylvia y otras personas trans de la calle dijeron su verdad: "¡Travestidos por el poder gay!". En aquel momento, "travesti" era el término más cercano a la descripción de su experiencia de género. El término "transgénero" no se utilizaría hasta varias décadas después.

EVOLUCIÓN DE LA TERMINOLOGÍA TRANS

A lo largo de la historia, hemos visto cómo la humanidad cambia y evoluciona, y cómo con algunos de esos cambios también viene un cambio en el lenguaje. Al fin y al cabo, si retrocedieras cien años y pidieras un teléfono inteligente, nadie te entendería. (¿Cómo es posible que los teléfonos sean inteligentes?).

Del mismo modo, la TERMINOLOGÍA TRANS ha evolucionado con el tiempo, y los términos han cambiado a medida que ha cambiado nuestra comprensión del sexo biológico, la identidad de género y la expresión de género. Hoy en día, utilizamos la palabra "transgénero", que refuerza la diferencia entre género y sexo. Antes, la palabra utilizada era "transexual", que se centraba en el cambio del sexo biológico. Y aun antes de eso, la palabra que se usaba era "travesti", que es como se llamaba a las personas que se vestían con ropa del otro género.

Mientras que las normas que rodean el género y el sexo siguen cambiando, y nuestra comprensión de estos aumenta, es posible que la terminología trans siga evolucionando de manera fluida a medida que nuestra sociedad también cambia y evoluciona.

El 25 de septiembre, cuatro días después del inicio de la sentada, los activistas fueron desalojados forzosamente por la Fuerza de Patrulla Táctica de la ciudad, la misma fuerza militarizada que se convocó durante los levantamientos de Stonewall. Aunque la protesta terminó, su impacto ofreció una nueva perspectiva a Sylvia y a otras personas trans de la calle. Después de la manifestación de Weinstein Hall, Sylvia, Marsha y sus amigas siguieron organizando y asistiendo a concentraciones como el recién formado grupo STAR: Revolucionarias Activistas Travestidas Callejeras.

El solo hecho de nombrar la existencia de las personas trans y haber fundado STAR se sintió como una liberación llena de potencial. Del mismo modo que la comunidad había exigido la liberación gay, y al igual que los grupos más pequeños habían creado espacios dentro de la visión de GLF, STAR estaba cobrando vida.

El grupo pasó a la acción. Un mes después de la sentada en Weinstein Hall, STAR organizó una protesta itinerante con múltiples paradas en el hospital Bellevue, el campus de la Universidad de Nueva York y la sede de la policía de Nueva York. Todas las paradas del recorrido de la marcha eran lugares donde los miembros de STAR habían sufrido incidentes de discriminación por razón de género. La Universidad de Nueva York, Bellevue y la policía de Nueva York eran lugares que todos creían que servían a la comunidad, pero que se habían negado a tratar a las personas trans como seres humanos iguales.

Ese mismo año, STAR colaboró con GLF, Radicalesbians, Juventud Gay y Third World Gay Revolution para poner en marcha y mantener el Centro Comunitario Gay, (GCC). El GCC tenía su sede en un apartamento compartido en la Ciudad de Nueva York y se utilizaba como un espacio social seguro. En el GCC se organizaban a menudo clases y grupos de debate, así como otras actividades que ayudaban a la comunidad *queer* a desenvolverse en el mundo que la rodeaba.

El creciente empoderamiento colectivo de STAR creó a veces tensiones dentro de la comunidad *queer* post-Stonewall. Mientras STAR intentaba ampliar la visión del movimiento sobre la liberación para incluir los problemas con los que se enfrentaban sus miembros, la estrategia de otros grupos se centraba en conseguir la aceptación de la sociedad heteronormativa en general. No se les dio prioridad a cuestiones que afectaban a los trans como la inseguridad alimentaria y de vivienda, las detenciones aleatorias o selectivas y la violencia. Algunos líderes gays y lesbianas que tenían como objetivo lograr la aceptación social de las personas *queer,* se sentían incómodos con las experiencias complejas y variadas de las personas trans. Estos líderes siempre habían pensado en las personas de la calle y en las personas trans como distracciones y obstáculos en el camino hacia la aceptación. Les preocupaba que STAR y sus líderes atrevidos disminuyeran las posibilidades de que la comunidad gay se pudiera integrar.

Intentando ser compasiva con las ansiedades del grupo, Sylvia aprovechó todas las oportunidades que encontró para recordarle a su gente que la igualdad para la mayoría no debía producirse a costa de otra parte de la comunidad. Sylvia fue inamovible en su creencia de que todos merecían ser libres. No cedió y por tanto se ganó una reputación de reina combativa. En su mente, lo que los demás pensaran de ella era menos importante que hacer lo necesario para que las personas trans siguieran vivas, prosperando y luchando por la liberación.

Sylvia y Marsha P. Johnson sabían que la única forma en que llegarían a conseguir una manera de vivir duradera para su comunidad sería el autosustento. Como no estaban seguras de que los grupos de gays y lesbianas de la comunidad les dieran prioridad a los jóvenes trans, Sylvia y Marsha se dieron cuenta de que ellas tenían que crear las redes para cuidarse a sí mismas. Se propusieron hacer precisamente eso: asegurar un lugar que pudieran llamar su hogar donde todos fueran atendidos.

Sylvia sabía que si STAR conseguía un lugar físico, sería muy beneficioso para su gente. Por generaciones, las personas trans que abandonaban a familias que no las apoyaban habían creado sus propias familias, como había hecho Sylvia cuando sólo tenía diez años. Las conexiones que los jóvenes trans sin hogar establecían entre sí los validaban, pero aunque contaban con esa familia, sobrevivir en la calle era casi imposible. Sylvia y Marsha soñaban con lo que llamarían su futuro hogar: Casa STAR.

A lo largo de su adolescencia en la calle 42, las dos amigas soñaron despiertas con todos los lugares que visitarían juntas en el futuro. Aunque podía parecer poco realista que dos adolescentes sin hogar viajaran por todo el mundo, la imaginación ayudaba a darles a cada una de ellas algo por lo que vivir. En poco tiempo, esos sueños se transformaron en promesas. Y, por último, se convirtieron en luces al final del túnel.

Soñaban con el río Jordán, un río que nace en la desembocadura del mar Muerto y recorre Jordania, Israel, Siria y Palestina. En las tradiciones judías y cristianas, el río Jordán tiene un gran significado, que a menudo se refiere a momentos de libertad recién descubierta —como los israelitas que encontraron su camino a la Tierra Prometida— y renacimiento.

"No vas a cruzar el río Jordán sin mí", le aclaró Marsha a Sylvia.

Pero en ese momento, Sylvia y Marsha tenían sueños más inmediatos que perseguir. ¿Dónde podrían dormir esa noche... y el día siguiente... y el siguiente?

Mientras STAR se seguía organizando, Sylvia y Marsha empezaron a ahorrar dinero. Mientras recaudaban fondos para un apartamento, Sylvia, Marsha y casi veinte jóvenes se hicieron un hogar temporal en la parte trasera de un camión con remolque.

Actuando como madres para sus hijos de la calle, los cuales eran sólo un poco más jóvenes que ellas, Sylvia y Marsha enseñaron a sus hijos el valor de la comunidad. Sabían lo importante que era para los jóvenes poder confiar en los demás para sobrevivir cada día. La solidaridad y la comunidad habían mantenido a Sylvia y Marsha vivas durante casi diez años. El potencial de STAR dependía de que la comunidad gay en general mostrara su apoyo, de forma similar a como los miembros de STAR habían mostrado su apoyo a otros movimientos de la comunidad.

Tras patrocinar un baile para recaudar fondos con la GLF, los miembros de STAR tuvieron suficiente dinero para alquilar un apartamento en la calle Segunda de Greenwich Village. El apartamento era propiedad de miembros de la mafia, como el Stonewall Inn. Estaba deteriorado y requería mucho trabajo para ser habitable. Todos los miembros de la familia colaboraron para arreglar la casa y hacerla habitable.

La Casa STAR abrió sus puertas en noviembre de 1970. Las madres de la casa, Sylvia y Marsha, alojaban a unos veinte jóvenes de la calle, todos rotando y creciendo en las cuatro habitaciones del apartamento. Por primera vez en una década, Sylvia tenía un hogar.

En cuanto todos pudieron comer y acostumbrarse a vivir de nuevo en un hogar, los miembros de STAR empezaron a sentirse con energía para seguir con el activismo. Aunque los jóvenes solían estar dispuestos a participar en acciones, lo habían hecho sin vivienda ni alimentación adecuada. Muchos de estos chicos llevaban años sin recibir atención y recursos estables. Con la Casa STAR, su potencial alcanzaba el cielo.

Ocasionalmente, STAR organizaba reuniones comunitarias en la casa. Todo el mundo era bienvenido, incluso los miembros de GAA y GY que no eran trans. La Casa STAR se convirtió en un ejemplo de lo que es posible cuando los jóvenes trans y *queer* reciben la atención que necesitan para sobrevivir y prosperar. Al contrario de los líderes gays y las lesbianas, a los miembros de STAR no les interesaba ser aceptados por la sociedad. La mayoría de las personas que formaban parte de STAR sabían que no tenían ningún chance de ser acogidas en el "mundo hetero". Aunque a menudo tenían fantasías sobre la vida que se ve en las portadas de las revistas de moda, llenas de modelos bellos y despreocupados, la prioridad del grupo era acabar con la violencia contra su gente. Ahora que tenían un hogar, y lo habían llenado hasta los topes, STAR centró su energía en ayudar a liberar a su gente de la cárcel.

En enero de 1971, STAR y otros grupos activistas formaron el Comité de la Comunidad Gay de Prisiones para investigar públicamente la violencia que sufrían las personas trans y *queer* en la cárcel. Sin embargo, a los pocos meses, el apoyo al trabajo del comité y a su pequeña organización comenzó a disminuir. En julio, Sylvia recibió un aviso del propietario de la casa de que el tesorero de la Casa STAR, el responsable de pagar el alquiler, no lo había pagado. Nueve meses después de la apertura y sin fondos para pagar lo que debían, la Casa STAR fue desalojada.

El cierre de la Casa STAR confrontó a Sylvia y a Marsha con la realidad que se habían esforzado por evitar. Marsha se mudó de nuevo a su antiguo apartamento, que volvió a ser la sede por defecto de STAR. Sylvia se quedó con amigos. Algunos miembros de la Casa STAR encontraron lugares donde alojarse. Otros se dirigieron de nuevo a la calle 42. Trágicamente, algunos miembros de la casa acabaron perdiendo la vida a causa de la violencia callejera.

"Cuando pedimos ayuda a la comunidad, no había nadie que nos ayudara. ¡No éramos nada! ¡No éramos nada!" Sylvia lloró. "Estábamos cuidando de niños que eran más jóvenes que nosotras. Es decir, Marsha y yo éramos jóvenes y los cuidábamos".

"La GAA tenía profesores y abogados y demás y lo único que les pedíamos era, bueno, si nos podían ayudar a enseñar a los nuestros para que todos fuéramos un poco mejores. No había nadie que nos ayudara. No había nadie".

Mientras tanto, los líderes políticos conservadores desarrollaron una estrategia de respuesta nacional para interrumpir el aumento constante de la homosexualidad visible y abierta en todo el país. El concepto de "valores familiares tradicionales" se creó para promover valores cristianos. Estas normas idealizadas se utilizaron como arma contra las parejas interraciales y del mismo género, cuyas relaciones fueron acusadas de dañar el tejido moral del país. Algunos líderes gays y lesbianas trataron de moldear sus grupos para que se ajustaran a los cuentos de hadas conservadores. Ansiosos por asimilarse a las masas de la sociedad, las comunidades de gays y lesbianas empezaron a apartar a las personas trans de la visión compartida de la liberación gay. La visión y el espíritu revolucionarios de las revueltas de Stonewall empezaron a resquebrajarse bajo la presión de ajustarse a una narrativa que les gustara a los conservadores.

¿Dónde están nuestros hermanos y hermanas homosexuales?, se preguntaba Sylvia mientras que la Casa Star se enfrentaba al desalojo y al cierre. Sylvia y STAR siguieron apoyando a todos los movimientos y organizaciones gays, pero cada vez estaban más disgustadas por la falta de apoyo. Con los años, se hizo claro que las prioridades de la comunidad habían cambiado. Mientras STAR se centraba en mantener vivos y fuera de la cárcel a los jóvenes

¿QUÉ HACÍAN LOS LÍDERES CONSERVADORES EN ESE MOMENTO?

A lo largo del siglo XX, los Estados Unidos se enfocaron en mantener su posición de superpotencia mundial. En los Estados Unidos, para fomentar el poder moral, los líderes conservadores dividieron al país estratégicamente. Elevando el pánico moral, se aprovecharon de la división en la comunidad para mantener su poder. El concepto de valores familiares tradicionales se utilizó para diferenciar fácilmente a las personas que encajaban en el modelo de familia nuclear (en su mayoría personas blancas de clase alta y media) del resto de las personas y comunidades. La idea de la familia nuclear y los valores familiares tradicionales se plantearon para crear modelos más rígidos de estilos de vida aceptables. Al promover lo que se consideraba valores familiares tradicionales, las formas de vida alternativas que no se ajustaban a las ideas de los blancos no se consideraban tradicionales; se consideraban inferiores, distintas. Cuidar unos de otros dentro de las comunidades *queer* se criticaba bajo esa mentalidad.

sin vivienda y mal alimentados, los defensores de los gays y las lesbianas se centraban en los derechos civiles en el trabajo y la escuela. Pero la mayoría de los miembros de STAR no tenían ni empleo fijo ni educación. Sylvia instó a los activistas gays y lesbianas a que incluyeran a las personas trans y *queer* sin hogar en sus negociaciones por los derechos, pero en el fondo sabía que no la estaban escuchando.

La preocupación de que las personas trans fueran expulsadas del movimiento de liberación se confirmó cuando los líderes homosexuales llegaron a un acuerdo con los políticos de la ciudad para aprobar la Intro 475. A puertas cerradas, las personas trans fueron excluidas ya que los organizadores acordaron eliminar la discriminación contra el género de las protecciones legales de la Intro 475. Aun así, en diciembre de 1971, cuando la Intro 475 se sometió al voto, no fue aprobada. Aprobada o no, las personas trans habían sido sacrificadas.

La división entre los grupos de la comunidad se amplió durante el año siguiente. Algunos grupos de gays y lesbianas, antes unidos en una visión de liberación interconectada, siguieron endureciendo su tono. Las líderes lesbianas expresaron su malestar con las mujeres trans y las *drag queens*.

El junio de 1973, los organizadores de la cuarta edición del Día de la Liberación de Christopher Street intentaron suavizar las tensiones entre las organizaciones. Su objetivo era mantener el enfoque del evento en la celebración del orgullo de la comunidad. El comité de planificación limitó la lista de oradores y eligió a los que consideraba neutrales a las divisiones políticas de la comunidad.

Antes de la manifestación, los miembros de Liberación Feminista Lésbica (LFL) dispersaron volantes que se burlaban de las *drag queens* —hombres gays que se vestían de mujer para su entretenimiento y para entretener a los demás— y las comparaban erróneamente con las identidades trans de los miembros de STAR. Arrojaron a las personas trans a los leones incluso antes de que comenzara el evento, el mismo evento que celebraba los levantamientos liderados por personas trans sólo unos años antes.

Sylvia decidió que sus palabras tenían que ser oídas.

Y se abrió paso entre la multitud. La golpearon y la apartaron del escenario, pero siguió adelante. Finalmente, consiguió subir al escenario. Sylvia agarró las manos del presentador Vito Russo y le arrebató el micrófono. Exhausta, se tomó un minuto para recuperar el aliento. Tenía algo que decir y esta gente, su gente, iba a escucharla.

Mientras estaba en el escenario, Sylvia habló de las

innumerables veces que las personas trans habían sufrido violencia sin ningún tipo de apoyo por parte de los gays y las lesbianas. "¿Hacen algo por ellos? ¡No!", gritó Sylvia. "Me dicen que esconda el rabo entre las piernas. No voy a aguantar más esto". Agotada y llena de emoción, concluyó su discurso:

"[Las personas trans] están tratando de hacer algo por todos nosotros, y no sólo por hombres y mujeres

que pertenecen a un club de blancos de clase media. ¡Y eso es a lo que todos ustedes pertenecen! ¡REVOLUCIÓN AHORA! ¡Dame una *P*! ¡Dame una *O*! ¡Dame una *D*! ¡Dame una *E*! *¡Dame una R!* ¡Dame una *G*! ¡Dame una *A*! ¡Dame una *Y*! [a viva voz] ¡Poder Gay! ¡Más alto! ¡PODER GAY!".

Jean O'Leary, líder de LFL, subió al escenario para recordarle al público las opiniones transfóbicas de LFL. La activista Lee Brewster, vestida de *drag*, tomó el micrófono para corregir las afirmaciones de O'Leary. Lee dejó las cosas claras y le recordó al público lo que habían hecho las *drag queens* en Stonewall para impulsar la lucha que condujo a la celebración del Día de la Liberación.

En los años siguientes, las organizaciones de liberación gay y sus líderes continuaron dándole marcha atrás a su visión original: la dirección del movimiento pasó de la liberación a la asimilación. Sin personas trans en el liderazgo, el movimiento que había empezado por proponer ser *queer* y libre se alejaba de ambas cosas.

CAPÍTULO CINCO

EN BUSCA DE MIS HERMANAS

El impulso que crearon los levantamientos de Stonewall comenzó a frenarse a medida que se profundizaba el desacuerdo político dentro de la comunidad. La energía revolucionaria se estaba desvaneciendo.

La cuestión sobre los derechos de los homosexuales entró en la opinión pública, lo que hizo que los líderes gays y lesbianas se sintieran presionados a mantener las posibilidades de que la comunidad fuera aceptada en la sociedad, moldeando a su gente como ciudadanos ideales; y los líderes utilizaron esta presión para justificar distanciarse del movimiento de aquellos que no se consideraban respetables.

Por esta razón, los líderes de la comunidad veían a las personas transgénero sin hogar como una amenaza para su potencial, sintiendo que los derechos civiles de gays y lesbianas estaban a punto de ser reconocidos, pero los líderes trans y los asuntos de ese grupo estaban frenando su avance. Al igual que los líderes políticos del gobierno, los líderes gays y las líderes lesbianas veían a las personas como Sylvia y sus muchachos como un asunto desagradable que tenían que resolver. Como resultado de esa hostilidad, a las mismas reinas de la calle que estuvieron en la primera línea en la mayoría de los levantamientos las estaban expulsando del movimiento por completo. Lo que mantenía a las personas trans unidas era el deseo compartido por todos de vivir y la necesidad inmediata de atención para su comunidad, pero al exiliarlas de la comunidad más amplia les causaban mucho daño.

A la larga, marginar a las personas trans resultó ser estratégico.

Después de la manifestación del Día de la Liberación de 1974, a los veinticinco años, Sylvia se sentía desesperada. Durante más de diez años, el profundo amor de Sylvia por su comunidad alentó su pasión y su trabajo. Había estudiado las técnicas de los líderes más veteranos y había arriesgado su cuerpo una y otra vez porque no tenía nada más importante que sacrificar.

La experiencia de Sylvia de ser golpeada mientras se

dirigía al escenario del Día de la Liberación, ser abucheada y golpeada por la gente de la multitud, fue prueba de que había pocas posibilidades para el cambio: la comunidad de la cual ella dependía no la apoyaba cuando lo necesitaba. Esto devastó y agotó a Sylvia, y se desesperó. Después de la marcha, Sylvia se hizo daño a sí misma y necesitó atención médica para sobrevivir.

Por suerte, no estaba realmente sola. Marsha, que había tenido una corazonada que la impulsó a regresar a su casa, encontró a Sylvia y pidió ayuda. Sylvia fue trasladada a un centro de salud mental, donde pudo recuperarse. Marsha permaneció junto a su amiga durante la recuperación y puso a Sylvia al corriente de los últimos cotilleos de todo el mundo. Las dos amigas soñaron con cruzar el río Jordán juntas.

Poco después de que Sylvia saliera del hospital, un amigo cercano murió de sobredosis. El trauma que sufrió Sylvia mientras vivía en la calle 42 y su participación en los primeros años del movimiento la habían llevado a una crisis. Decidió tomarse un descanso de la organización comunitaria y dejó la Ciudad de Nueva York.

Sylvia se mudó a Tarrytown, Nueva York, una ciudad situada en la orilla oriental del río Hudson, al norte del centro de Manhattan, donde Sylvia había pasado gran parte de su vida. Durante su estancia en Tarrytown, Sylvia vivió con su pareja en un barrio de las afueras y trabajó como gerente de servicios de alimentación en la Marriott Corporation. Con el tiempo, creó su propia empresa de catering y comenzó a ampliar sus conocimientos de administración. Después de su jornada laboral, Sylvia se unió a la creciente escena *drag* local y finalmente ayudó a planear espectáculos y eventos de la comunidad. Utilizó lo que aprendió de su época en Nueva York y trajo su imaginación de la gran Ciudad de Nueva York a Tarrytown.

Mientras Sylvia y su pareja trabajaban para forjarse una vida estable, le fue importante seguir unida a sus amigas del Village. Al fin y al cabo, todavía eran su familia. Se mantuvo conectada a la comunidad que la había ayudado a crecer mientras estaba en la Ciudad de Nueva York y viajaba entre su casa y la ciudad para pasar tiempo con Marsha y las otras siempre que podía.

En 1981, el descubrimiento de un "tipo de cáncer desconocido" que se estaba propagando por la ciudad y por el país fue noticia de primera plana. Cuando los primeros casos de SIDA fueron diagnosticados en hombres homosexuales, el público percibió que la epidemia alarmante era culpa y problema de los gays. Los líderes del gobierno ignoraron que tenían un papel en el fomento de la salud pública, y les echaron la culpa a los "inmorales".

El VIH/SIDA es un virus que puede contraer cualquier persona, independientemente de su género o sexualidad; sin embargo, la discriminación y la falta de acceso a la satisfacción de las necesidades básicas dejaban a las personas *queer* expuestas a los impactos más graves de la enfermedad. A finales de los años ochenta y principios de los noventa, muchos miembros de la comunidad murieron a causa de la enfermedad. Tras innumerables muertes y escasa respuesta del gobierno, la Coalición para desatar el poder contra el SIDA (ACT UP) desafió a las comunidades *queer* a romper el silencio y exigir atención para salvar sus vidas. Los que sobrevivieron y los que cuidaron de sus parejas y amigos moribundos también se transformaron para siempre.

¿QUE ES EL VIH/SIDA?

ACT UP
AIDS COALITION TO UPRISE POWER

El virus de la inmunodeficiencia humana, conocido comúnmente como VIH, es un virus que ataca el sistema inmunitario del cuerpo. Cuando el VIH no se trata, puede provocar el síndrome de inmunodeficiencia adquirida, conocido como $SIDA$.

Los primeros casos de VIH/SIDA en los Estados Unidos se registraron a principios de la década de 1980. Entonces, se sabía poco sobre el virus y se pensaba que era un cáncer poco frecuente. La ansiedad social ante un virus desconocido que se propagaba rápidamente dio lugar a acusaciones y culpas. Dado que al principio muchos de los que contrajeron el virus eran hombres gays, evolucionó el estigma de que el VIH era un problema de los homosexuales.

Los líderes políticos fomentaron el estigma y la homofobia con su falta de acción y condena de los miembros de la comunidad gay. La comunidad gay fue abandonada, y por desgracia muchos murieron. A nivel mundial, treinta y nueve millones de personas han muerto desde que comenzó la epidemia de VIH/SIDA en la década de 1980.

El VIH/SIDA sigue siendo profundamente estigmatizado, pero mucho ha cambiado en la forma en que las comunidades atienden a las personas que viven con el VIH/SIDA. Las investigaciones científicas y la labor comunitaria han contribuido a que este virus, antes incurable, sea tratable. Hasta 2022, tres personas se han curado del virus.

La desalentadora respuesta pública a la crisis del SIDA fue un reflejo de la falta de preocupación por la violencia física que las personas trans continúan enfrentando. Poco después del desfile del Orgullo Gay de 1992, el cuerpo de Marsha P. Johnson fue encontrado en el río Hudson. La muerte de Marsha fue declarada suicidio al principio de la investigación policial, pero los amigos de Marsha exigieron a la policía de Nueva York que siguieran buscando qué, o quién, causó la muerte de Marsha.

Antes de su muerte, Marsha y otros organizadores de la calle denunciaron los peligros bajo los que vivían, tanto de policías corruptos como de muchas formas de delincuencia organizada. Las comunidades de personas sin hogar están muy expuestas a la violencia estatal y, por tanto, son testigos clave de muchos incidentes de violencia. Por el mero hecho de ser pobres, las personas sin hogar se ven obligadas a ser conscientes del trato injusto y a encontrar formas de sobrevivir.

Marsha se negó a guardar silencio sobre la violencia a la que se enfrentaban regularmente las personas trans en las calles. Como madre de muchos jóvenes sin hogar, Marsha fue sincera con sus hijos sobre los abusos de poder de algunos legisladores y agentes de la ley. La honestidad y visibilidad de Marsha la convirtieron en un objetivo. Por estas razones, los miembros de la comunidad se negaron a aceptar la declaración de la policía de Nueva York de que la causa de la muerte de Marsha había sido el suicidio.

La muerte de Marsha sigue sin resolverse y representa la violencia a la cual se enfrentan las personas trans, especialmente las mujeres trans negras.

Cuando Sylvia recibió el telegrama que le avisaba de la muerte de Marsha, pensó en el río Jordán. Se habían prometido vivir lo suficiente como para cruzar juntas el Jordán. Aunque la idea de cruzar el río Jordán era una simple metáfora bíblica, Marsha había cruzado sin Sylvia, que en su dolor dijo: "Una parte de mí se fue con ella".

Sylvia estaba devastada por la pérdida de su mejor amiga. A los cuarenta años, Sylvia llevaba casi veinte años sobria —desde su intento de suicidio en 1974— y de repente empezó a luchar por mantener la sobriedad y la estabilidad que había encontrado en Tarrytown. Con el tiempo, Sylvia perdió su trabajo y su casa en Tarrytown.

Sylvia se trasladó de nuevo a la Ciudad de Nueva York y acampó en los muelles cerca de la conocida calle 42, a pocas cuadras del Centro Comunitario Gay que había fundado con Marsha años antes. Sylvia asumió, como natural, el papel de madre de algunos de los jóvenes sin hogar que acampaban a su alrededor, cuidando de ellos y compartiendo su sabiduría con ellos. Cuando estaba sola, se paraba delante de su tienda y observaba las aguas del río Hudson, donde encontraron a Marsha.

La aflicción de Sylvia la impulsó a buscar justicia como una manera de honrar a Marsha. Estaba frustrada por el silencio de la sociedad, pero se negó a callarse. Los miembros de STAR siempre dijeron que la violencia continua a la que las personas trans y *queer* eran sometidas sólo se terminaría si las normas sociales que fomentaban esa violencia también se terminaban.

A los cuarenta años, había pasado más de la mitad de la vida sin hogar y consideraba que tenía pocas posibilidades de salir de la pobreza. Sin embargo, de vuelta en Manhattan, cerca de amigos viejos y nuevos, se llenó de esperanza y propósito para seguir adelante. Sylvia estaba dispuesta a organizar a la comunidad para que volviera a entrar en acción.

En 1993, Sylvia fue invitada a instalarse en Transy House, un hogar comunitario inspirado por la Casa STAR. Ahí, Sylvia recibió el amor y los cuidados con los cuales había soñado. Ahí también conoció a Julia Murray, quien fue la pareja de Sylvia hasta su muerte.

"Todo el mundo [en Transy House] me llama Ma, Ma

Sylvia. Ayudamos a todos los que podemos y nos metemos en todo lo que podemos: Matthew Shepard, Diallo, Louima. Vamos por todas partes para que nos arresten".

A lo largo de la década de 1990, se habían creado muchas organizaciones *queer* que dotaron al movimiento de otro tipo de infraestructura. El ascenso de las organizaciones sin ánimo de lucro que tenían recursos formó parte de la estrategia del movimiento gay para seguir asimilándose al poder y a la sociedad convencionales. A finales de la década de 1990, las organizaciones *queer* empezaron a obtener recursos que permitieron una actividad comunitaria más fuerte y sostenida. La visibilidad creciente de los profesionales *queer* y de las organizaciones *queer* formales se ajustó a la narrativa por la que luchaban los líderes de la comunidad: la aceptación. "Somos como tú, sólo un poco diferentes, pero no demasiado, somos como tú". Sin embargo, el problema con hacer todo lo que era necesario para ser aceptado es que las historias que no son fáciles de aceptar se editan, se omiten o se borran por completo.

La violencia continua contra las personas trans se mantuvo fuera del diálogo nacional. Uno de los primeros incidentes de violencia por odio a los homosexuales que acaparó la atención nacional e internacional fue el asalto y asesinato de Matthew Shepard en 1998. Matthew era un estudiante universitario gay de la Universidad de Wyoming, y su muerte acabó provocando la promulgación de leyes contra los delitos de odio. Al igual que hizo en innumerables ocasiones, Sylvia se unió a las protestas de la Ciudad de Nueva York para concienciar no sólo sobre la violencia mortal que sufrió Matthew, sino también sobre la violencia que sufren las personas *queer* en todo el mundo.

Cuando el asesinato brutal de la mujer transgénero Amanda Milan en el año 2000 fue ignorado, reactivó ciclos familiares de devastación, ira y urgencia en la comunidad local, incluyendo a Sylvia. Aunque unos años antes la comunidad había encontrado algo de apoyo, la falta de atención a la muerte de Amanda confirmó que todavía prevalecían los viejos patrones.

Sylvia relanzó STAR, con un ligero cambio de nombre: Revolucionarias Activistas *Transgénero* Callejeras. El grupo organizó manifestaciones por toda la Ciudad de Nueva York y abogó por que los dirigentes de la ciudad crearan leyes que protegieran a las personas trans específicamente. La ley de los derechos de los homosexuales, producto de la fallida Intro 475, fue el primer tipo de ley contra la discriminación en ser aprobada en 1986, pero no había incluido las protecciones que STAR quería sobre la discriminación de las personas trans.

En 2002, mientras STAR seguía abogando por protecciones legales, Sylvia se enfermó y se le diagnosticó un cáncer del hígado. La salud en declive de Sylvia fue resultado de años en los que ella lidiaba con vivienda inestable y una falta de cuidado, pero su determinación a promover cambios y a utilizarse a sí misma como vehículo para esos cambios fue inquebrantable. Siempre lista con una estrategia, Sylvia pidió a los políticos responsables de la Ley contra la Discriminación por Orientación Sexual (SONDA) que vinieran a su habitación en el hospital. Desde su cama en el hospital, Sylvia explicó la urgencia de su campaña y la necesidad de proteger a personas como ella. Dejó claro que SONDA era un paso necesario para ayudar a las personas trans a mantenerse con vida, aun sabiendo que no vería su aplicación.

Sylvia Lee Rivera murió el 17 de febrero de 2002. Ese mismo año, el 17 de diciembre, SONDA se aprobó en el Senado del Estado de Nueva York y se convirtió en ley.

¿QUÉ ES SONDA?

SONDA es la sigla de Sexual Orientation Non-Discrimination Act (Ley contra la Discriminación por la Orientación Sexual), un proyecto de ley promulgado por activistas de la Ciudad de Nueva York a principios de la década de 2000. En ese momento, los continuos incidentes de discriminación les hacían daño a muchas personas trans y *queer*, las dejaban sin empleo o peor. Sylvia Rivera relanzó STAR, con el nombre actualizado de Revolucionarias activistas transgénero callejeras, tras el asesinato de Amanda Milan en 2000. STAR y otras organizaciones de la comunidad *queer* exigieron a los

legisladores estatales que protegieran a las personas trans y *queer* ante la ley. La ley SONDA protegía a las personas de la discriminación basada en la orientación sexual en el trabajo, en las admisiones escolares, en los servicios públicos y en la vivienda. Aunque el proyecto de ley de 2002 no incluía específicamente protecciones para la identidad de género, se interpretó que la ley SONDA protegía los derechos de las personas trans si eran discriminadas por su orientación sexual.

SONDA fue firmada como ley de Nueva York por el gobernador George Pataki en 2002. En 2019, el gobernador de Nueva York, Andrew Cuomo, firmó la Ley contra la Discriminación por Expresión de Género (GENDA), que añadió protecciones para la identidad de género.

Las políticas contra la discriminación son importantes y han seguido siendo promovidas por las comunidades *queer*. Todavía no se ha aprobado en el Congreso una ley contra la discriminación para empleados federales.

CAPÍTULO SEIS

LA MADRE DE UN MOVIMIENTO

La determinación de Sylvia de vivir con autenticidad fue la fuerza vital que persistió incluso después de su muerte en 2002. Desde que llegó a la calle 42, Sylvia comprendió el gran riesgo que suponía abrazar su verdad en una cultura que dejaba claro que las personas como ella no eran bienvenidas. Las conexiones duraderas que Sylvia creó con otras personas marginadas a lo largo de su vida la nutrieron a ella y a otros, y este sistema de apoyo ayudó a Sylvia a intentar alcanzar las estrellas. De ese modo, la bondad, el cariño y la apasionada lealtad que les ofreció a los demás, alimentaron el potencial de la comunidad para crear un cambio.

"La maternidad" consiste en cuidar a los niños para que

crezcan y se conviertan en adultos separados de la madre, pero gracias a ella. La maternidad es una práctica evolutiva y revolucionaria que va mucho más allá de los roles de género. Para mamás como Sylvia y Marsha, actuar como madres de otros niños fue su forma de cuidar a personas que necesitaban ser cuidadas, de la misma manera que las reinas de la calle las cuidaron a ellas cuando eran adolescentes. Independientemente del género, la edad o el aspecto, la unión intuitiva entre las personas trans, *queer* y de dos espíritus que han sido desplazadas muestra el vínculo interconectado de la humanidad. Como madres de niños en peligro, les era importante a Sylvia y a Marsha inculcar las habilidades y los valores fundamentales que sus hijos necesitarían para sobrevivir.

Lo que Sylvia y STAR pidieron, por más de tres décadas, fue el derecho de las personas trans a elegir qué hacer con sus cuerpos. Querían crear una cultura en la que se animara a todas las personas a desarrollar su potencial, y en la que todas las comunidades fueran una parte importante de la historia. La vida y la lucha de Sylvia fueron un testimonio del poder que cada individuo puede aportar a este mundo al abrazar su verdad.

Un año después del fallecimiento de Sylvia, su espíritu valiente y su legado visionario ayudaron a catalizar el creciente movimiento nacional por la liberación trans. Esta vez, sus hijos estaban a la cabeza.

En agosto de 2002, Dean Spade, un becario jurídico y activista de la ciudad de Nueva York, abrió una clínica legal para ofrecer servicios y apoyo a las personas trans que tenían dificultades para desenvolverse en el sistema legal. La clínica recibió el nombre de Proyecto Legal Sylvia Rivera (SRLP). Los organizadores del SRLP creían que el derecho de las personas a determinar su género estaba indisolublemente unido a la justicia socioeconómica. Spade "trató de crear una organización que abordara la grave pobreza y el exceso de encarcelamiento" de las comunidades transgénero de color con bajos ingresos, "entendiendo que la participación política significativa de las personas que luchan contra la discriminación por su identidad de género sólo podía darse en asociación con la justicia económica".

Un año después de su apertura, el SRLP se convirtió en una organización sin ánimo de lucro, lo que le proporcionó un estatus legal y la infraestructura para aumentar constantemente sus recursos e impacto. Con liderazgo compartido y una serie de programas comunitarios, el SRLP ha seguido defendiendo la justicia de género a través de campañas como #NoNewJailsNYC,

(#NoMásNuevasCárcelesNYC), y la campaña de salud trans hasta el día de hoy. La organización está dirigida por personal y miembros de la comunidad de Nueva York. Hoy en día, SRLP tiene su sede en la calle 42, en el edificio para la Justicia Social Miss Major-Jay Toole, nombrado por dos líderes de la comunidad LGBTQ+ en la calle 42, donde se alberga un grupo de organizaciones de justicia social y luchadores por la libertad.

MISS MAJOR GRIFFIN-GRACY

nació en la zona sur de Chicago el 25 de octubre de 1940. Como joven *queer*, Miss Major encontró una comunidad en la escena de los bailes de Chicago. Los bailes se llevaban a cabo regularmente en un espacio clandestino para que los chicos *queer* se vistieran de punta en blanco y bailaran en concursos para conseguir trofeos. Crecer en los años 40 y 50 significó que su expresión de género fue menospreciada.

Miss Major es una veterana de los disturbios de Stonewall y sobreviviente de la prisión de Dannemora y del "tanque de las reinas" del hospital Bellevue. Como defensora de las personas transgénero, Miss Major se ha centrado en apoyar la supervivencia de los jóvenes trans de color.

El trabajo de Miss Major como líder del movimiento se basa en su compromiso de convertir al mundo en un lugar donde todas las personas puedan prosperar, independientemente de su género. En la década de 1980, Miss Major se trasladó a la Ciudad de Nueva York y se unió a los esfuerzos de la comunidad para atender a las personas que viven con el VIH/SIDA. También fue directora del Proyecto de Justicia para Personas Transgénero, con Variaciones de Género e Intersexuales (TGIJP), con sede en San Francisco, y volvió a entrar en las cárceles para conectar con los miembros de la comunidad encarcelados. Con la intención de hacer lo que podía para apoyar a su gente, Miss Major se trasladó a Arkansas, donde estaría más cerca de las comunidades trans del Sur que siguen siendo objeto de ataques por su identidad de género. En Little Rock, Miss Major dirigió la Casa de GG, un centro de retiro para líderes trans y no binarios. Miss Major es madre de muchos jóvenes trans y *queer* a los que ha cuidado durante años.

También en 2002, se creó el Centro Legal Transgénero (TLC) como proyecto patrocinado por el Centro nacional para los derechos de lesbianas (NCLR) de California. Cofundado por Chris Daley y Dylan Vade, el TLC era originalmente un proyecto con sede en California centrado en prestar servicios directos a los miembros de la comunidad trans. En veinte años, el TLC se ha convertido en la organización trans-específica más grande del país, dirigida por personas trans y centrada en la autodeterminación de todas las personas. Como se indica en su sitio web, a través de "programas de organización y construcción de movimientos, TLC asiste, informa y empodera a miles de miembros individuales de la comunidad al año y construye un movimiento nacional a largo plazo, dirigido por personas trans, para la liberación".

Para las personas marginadas, las organizaciones comunitarias y el liderazgo son fundamentales para mantener un asiento en la mesa donde se crea el cambio. Dado que el género binario y los roles de género están arraigados tan profundamente en la cultura estadounidense, las personas trans y de género divergente siguen experimentando ciclos de invisibilización y de violencia que han adoptado nuevas formas con el tiempo.

En 2007, cinco años después de la muerte de Sylvia,

los activistas trans se vieron en el lado perdedor de otro acuerdo conocido. Las organizaciones trans y *queer* de los Estados Unidos trabajaron juntas para conseguir el apoyo del Congreso para la aprobación de una Ley federal contra la discriminación en el empleo (ENDA). El objetivo de la legislación era prohibir la discriminación por motivos de orientación sexual, pero se había presentado sin éxito en el Congreso en múltiples ocasiones desde 1974. Una vez que el Partido Demócrata ganó la mayoría de los escaños en las elecciones legislativas de 2006, tras más de una década de dominio republicano, los líderes comunitarios creyeron que había llegado su oportunidad de aprobar ENDA. El proyecto de ley ENDA presentado en 2007 fue la primera versión que incluía la protección contra la discriminación por razón de género, por la que Sylvia y otros miembros de la comunidad trans llevaban tiempo abogando.

Pero temiendo que incluir la identidad de género creara demasiada división, los legisladores propusieron que los grupos de defensa aceptaran un borrador del proyecto de ley que incluía protecciones basadas en la orientación sexual pero no en la identidad de género. Eliminar las protecciones para las personas trans amenazaba con dejar atrás al mismo grupo que experimentó una traición similar en la década de 1970 con la ley Intro 475 de Nueva York. La Campaña de Derechos Humanos (HRC), una organización nacional de defensa de las personas *queer* que se asoció con el patrocinador del proyecto de ley, Barney Frank (D-MA), para llevar a cabo la legislación, fue la única organización que firmó una carta de apoyo al nuevo proyecto de ley.

Esa exclusión de las protecciones de género activó a los líderes trans y dio lugar a una coalición de la noche a la mañana que incluía a sesenta organizaciones diferentes, United ENDA, que intentó detener el compromiso y el sacrificio de los derechos trans. Aunque la versión de ENDA que protegía sólo a los homosexuales se aprobó en el Congreso sin incluir las protecciones de género, nunca se convirtió en ley. Ninguna protección federal para las personas trans y *queer* en el empleo, la vivienda y otras áreas de la vida se ha convertido en ley. En 2022, menos de la mitad de los estados de los Estados Unidos cuentan con una protección total para las personas trans y *queer*.

Las jóvenes que han sido avergonzadas o criminalizadas por su identidad se ven a menudo obligadas a decidir entre tener libertad o pertenecer a la comunidad. Históricamente, las culturas dominantes han tratado de limitar el libre albedrío y el poder de los jóvenes, a menudo percibidos como amenazas a las cuestiones de autoridad y control. El rechazo de Sylvia a encajar en los lugares binarios de la sociedad sigue vivo en la generación contemporánea de jóvenes trans y *queer* que encarnan su resistencia y visión.

Hoy en día, hay muchos ejemplos de jóvenes trans y *queer* que aprovechan su potencial y dan forma al cambio en los Estados Unidos y el mundo. Frente a los responsables y los políticos que presionan a los jóvenes trans y *queer* para que se conformen, la organización comunitaria y las plataformas de multimedia han hecho posible que cada generación comience con un poquito más de la atención que todos merecen.

En el medio siglo transcurrido desde los levantamientos de Stonewall, la energía rebelde y *queer* de los levantamientos ha persistido, ya que los jóvenes asumen un

papel activo en la transformación de la sociedad hacia la liberación y la libertad de todas las personas, de todos los géneros.

Gloria Jean Watkins, la lesbiana negra que usaba el seudónimo bell hooks, lo dejó claro: "el aula sigue siendo el espacio de posibilidad más radical del mundo académico". Tanto si es el combustible para la acción estudiantil o la realidad en la que los jóvenes pasan la mayor parte de su tiempo en la escuela y en el campus, los jóvenes trans, *queer* y de dos espíritus (TQ2S) empezaron a crear formas de acabar con el aislamiento y conectarse con otros como ellos.

En 1972, los estudiantes trans y *queer* empezaron a reunirse abiertamente en clubes estudiantiles como la Sociedad Internacional de Jóvenes Gays del Instituto George Washington de Nueva York. En todo el país, los primeros clubes estudiantiles basados en la sexualidad y el género se vieron cuestionados por las administraciones que no los apoyaban y por la presión de padres y otros miembros de la comunidad. Los jóvenes que fueron expulsados del sistema escolar organizaron grupos comunitarios como STAR. Clubes escolares y comunitarios aprovecharon el impulso del movimiento después de Stonewall, dando a los estudiantes un espacio para "afirmar su autonomía vocalmente y con gusto".

Hasta los años 70 y 80, la mayor parte del apoyo a los jóvenes se realizó a través del lente de los servicios sociales gestionados por profesionales. Dado que la epidemia de VIH/SIDA devastó la salud y el bienestar de la comunidad trans y *queer*, los servicios de apoyo se ocuparon más en salvar a las personas TQ2S que en proporcionarles las herramientas para ser autosuficientes. A lo largo de la década de 1990, los clubes de estudiantes *queer* se extendieron por todo el país, dando lugar a los clubes de la Alianza Gay-Hetero (GSA), hoy comúnmente conocidos como Alianzas de Géneros y Sexualidades. En 1998,

Carolyn Laub, de veintitrés años, fundó GSA Network, la red GSA, establecida como una organización nacional sin ánimo de lucro para apoyar la creciente red de grupos trans y *queer* dirigidos por estudiantes. Existen más de cinco mil clubes de GSA en todo el país, en institutos, colegios y escuelas primarias, que se han conectado con la organización en sus dos décadas de construcción del movimiento juvenil.

A medida que el trabajo de estas y otras innumerables organizaciones por la justicia echa raíces y crece, la ansiedad entre los líderes de la comunidad conservadora impulsa campañas públicas antitrans y antiqueer. Un informe publicado por TransLash Media en 2021 reveló un "aparato político muy organizado" que denominaron "Máquina de odio antitrans: un complot contra la igualdad". Dirigido por la periodista y líder de opinión Imara Jones, las conclusiones conectan los ataques continuos a nivel nacional contra las personas trans con una estrategia de décadas y un grupo de financiación formado por tres familias estadounidenses ricas.

En 2015, el Centro Legal Transgénero, (Transgender Law Center), y la red GSA se asociaron para crear y poner en marcha un programa con sede en California para jóvenes con el fin de llenar las lagunas en la forma en que los líderes juveniles de género diverso y los narradores de historias estaban recibiendo recursos. El proyecto se centró en innovar varias formas para apoyar a los líderes juveniles trans que compartían sus historias como parte del cambio cultural. Al cabo de unos años, el enfoque se amplió a nivel regional y se puso en marcha el Consejo Nacional de la Juventud Trans. El proyecto TRUTH (TRans yoUTH) se convirtió en el primer programa nacional dirigido por y para jóvenes trans. El programa se creó para elevar el liderazgo y la visión de una cohorte de jóvenes líderes trans y no binarios en el país.

En 2018, el consejo redactó y publicó la Plataforma de nueve puntos de TRUTH. Basándose en las plataformas políticas de grupos como el Partido de las Panteras Negras, el Frente de Liberación Gay, Young Lords, STAR y otros, el manifiesto de la juventud trans pedía un movimiento interseccional hacia la libertad de todas las personas. Dos años después, en 2020, el Centro Legal Transgénero se puso al frente de una coalición nacional e intergeneracional de líderes trans que redactó y publicó la Agenda Trans para la Liberación. La Agenda Trans encarna el legado de líderes como Sylvia Rivera y los miembros de STAR, así como el liderazgo de la juventud trans de hoy.

¿QUÉ ES LA *AGENDA TRANS PARA LA LIBERACIÓN?*

La AGENDA TRANS PARA LA LIBERACIÓN (TA4L) es un espacio dirigido por la comunidad para la liberación y la organización trans. La agenda incluye cinco pilares que se dirigen a pasos importantes en la construcción del poder trans. Según los líderes de la coalición, la agenda fue "presentada por una coalición nacional de líderes trans, que no son binarios o conformes con el género, de mayoría negra, indígena y migrante", en colaboración con el Centro Legal Transgénero, la mayor organización de defensa de las personas trans de los Estados Unidos.

TA4L divide el camino hacia la liberación usando los siguientes pilares: mujeres trans negras que lideran y viven orgullosamente, hogar querido, conexión intergeneracional y cuidado de por vida, definirnos a nosotros mismos y derecho a prosperar. Los distintos pilares están interconectados y se basan en el trabajo de las personas trans a lo largo de generaciones, como Sylvia Rivera, Marsha P. Johnson y STAR.

Los líderes que redactaron la agenda dijeron: "Nos hemos desafiado mutuamente, hemos apoyado el trabajo de los demás y hemos soñado con hacer realidad un

> futuro en el que todos seamos libres. Juntos, hemos dado
> vida a una plataforma que nos permite comprender las
> fuerzas que perjudican a nuestras comunidades, y cómo
> podemos unirnos para sacar adelante algo nuevo".

Si bien las comunidades trans siguen trabajando unidas para sobrevivir, las personas trans aún no gozan de plena protección ante la ley. Desde la decisión del Tribunal Supremo de 2015 que legalizó el matrimonio entre personas *queer*, se ha producido una intensa reacción en forma de legislación discriminatoria presentada por políticos conservadores en el ámbito federal y estatal. El número de proyectos de leyes antitrans aumentó de menos de diez en 2020 a casi doscientos en la primavera de 2022.

Las personas trans y *queer* se han visto obligadas durante mucho tiempo a ser persistentes, incluso en momentos de violencia y sufrimiento, incluso cuando no se les permite ser plenamente ellas mismas. Esta exposición común a los daños de los sistemas sociales que experimentan las personas trans, especialmente las personas trans de color, ha reforzado la necesidad de una determinación colectiva y de acción.

Sylvia Lee Rivera encarnó este sentido de la libertad de todas las maneras que pudo. A través de la crisis y la lucha, se atrevió a marchar al ritmo de su corazón y se resistió a ceder a las formas fáciles de asimilación. Lo que Sylvia aprendió les dejó claro, a ella y a aquellos a los que transmitió su sabiduría, la importancia de practicar la libertad cada vez que pudieran. La idea de practicar la libertad es posible gracias al poder natural y a las opciones que todas las personas poseen por el simple hecho de existir y estar vivas. Aunque la sociedad presiona a los individuos para que se mantengan confinados en el lugar que les asignen, el poder y la elección individuales pueden liberar a todos. Practicar la libertad en la vida cotidiana requiere que las personas lleven la libertad a sus pensamientos, acciones y creencias.

Una mente libre es aquella que está libre de las expectativas que la sociedad pone sobre los hombros de las personas a lo largo de la vida. Esto requiere que los jóvenes aprendan a escucharse a sí mismos y a encontrar el espacio y la comunidad donde su verdad sea escuchada. Sylvia creía que cada persona, cada estrella, merecía espacio para brillar.

Sylvia vivió su vida dándole constantemente a su cuerpo el permiso para fluir como quisiera. Después de haber sido testigo de cómo a lo largo de su vida se les robaba a muchas personas la capacidad de ejercer la agencia de su cuerpo, Sylvia actuó con firmeza para acabar con la violencia y afirmar el derecho de todos a *ser*. Soñó con un futuro libre de violencia y sabía que tenía que traer ese futuro al presente. Su exposición a la brutalidad policial y a las protestas mientras vivía en la calle le enseñó el poder de su cuerpo y el espacio que podía ocupar. Al negarse a pasar desapercibida y a silenciarse, Sylvia le mostró a su comunidad cómo encarnar la libertad cada día.

La visión de Sylvia de un espíritu libre estaba arraigada en su comprensión de que la vida misma es un regalo. Los seres humanos, sin importar el género, somos buenos tal y como somos. Esta fue la ardiente fuerza vital dentro de un espíritu apasionado y cariñoso que la Ciudad de Nueva York, y el mundo, tuvieron el privilegio de conocer.

Para honrar la vida (la de Sylvia y la nuestra), debemos comprender la sabiduría que Sylvia y STAR nos enseñaron. La intención de Stonewall nunca fue borrar lo que somos para ser aceptados. En las palabras de Sylvia, la cuestión siempre fue sencilla: vivir.

"Es divertido simplemente ser Sylvia".

¿SABÍAS?

★ Sylvia Rivera es considerada una de las figuras fundamentales que aseguraron la "T" de LGBTQ.

biography.com/activist/sylvia-rivera

★ El Proyecto de Ley Sylvia Rivera continúa su legado, trabajando para garantizar que "todas las personas sean libres de determinar su propia identidad y expresión de género, independientemente de sus ingresos o su raza, y sin enfrentarse al acoso, la discriminación o la violencia".

srlp.org/about/

★ El cruce de las calles Christopher y Hudson en Greenwich Village, a dos cuadras de Stonewall Inn, fue nombrado "Sylvia Rivera Way" en 2005.

nypl.org/blog/2021/01/29/sylvia-rivera

★ En 2015, se añadió un retrato de Rivera a la Galería Nacional de Retratos de Washington, D.C., convirtiéndola en la primera activista transgénero en ser incluida en la galería.

★ En 2019, la Ciudad de Nueva York anunció sus planes de inaugurar un monumento a Rivera y Johnson. Será el primer monumento de la ciudad —y, según la Ciudad de Nueva York, del mundo— dedicado a personas transgénero. Se suponía que la estatua se levantaría en 2021, pero la pandemia de COVID-19 retrasó los monumentos.

★ Rivera pronunció su apasionado discurso: "Ya'll Better Quiet Down" en Nueva York en la manifestación del Día de la Liberación de Christopher Street en Washington Square Park en 1973 entre abucheos de la multitud.

★ En 1994, Rivera fue homenajeada en la celebración del vigésimo quinto aniversario de los disturbios de Stonewall Inn.

★ Sylvia se negó a ponerle una etiqueta a su identidad, refiriéndose a sí misma a veces como un hombre gay, una chica gay o una *drag queen*. La mayoría de las veces se identificaba simplemente como Sylvia.

transadvocate.com/in-revolution-the-trans-terms-sylvia

-rivera-used_n_13623.htm

★ El refugio para jóvenes homosexuales del MCC de Nueva York se llama Sylvia's Place (El lugar de Sylvia) en su honor.

sylviariverasplace.com/about

★ Un musical off-Broadway "Sylvia So Far", basado en su vida, se llevó a la escena entre 2007 y 2008.

wanderwomenproject.com/women/sylvia-rivera/

★ Sylvia fue incluida en el Legacy Walk (Camino del Legado) de Chicago, Illinois.

legacyprojectchicago.org/person/sylvia-rivera

★ La Organización Mundial de la Salud no retiró la transexualidad de su lista de enfermedades mentales hasta junio de 2018.

aldianews.com/es/cultura/patrimonio-historia/sylvia

-riveras-struggle

GLOSARIO Y RECURSOS PARA ESTUDIANTES

TRANSGÉNERO: personas cuyo género se expresa de manera diferente al que le fue asignado al nacer.

QUEER: describe las identidades de género no normativas, es decir, alguien que no es cisgénero (ver abajo) y las relaciones entre personas que no son heterosexuales (ver abajo).

CISGÉNERO: personas cuya identidad de género corresponde con el género que se les asignó al nacer.

HETEROSEXUAL: persona o relación caracterizada por la atracción romántica hacia personas del sexo opuesto, específicamente entre un hombre y una mujer cisgénero.

DOS ESPÍRITUS (2S): término que describe generalmente las experiencias indígenas con las relaciones y los géneros *queer*; las personas de dos espíritus también pueden identificarse con otros vocablos en la lengua de su pueblo.

TQ2S: un acrónimo (o abreviatura de la primera letra de las palabras) que describe las comunidades/poblaciones trans, *queer* y de dos espíritus; otras opciones que se han utilizado incluyen LGBT, GLBT, LGBTQ+, QT, T*.

POBREZA: tener una grave carencia de las necesidades básicas (vivienda estable, alimento, recursos).

JUSTICIA: determinar los derechos según la ley o la equidad; cuando se relaciona con la justicia social, se centra en equilibrar lo que es correcto y justo para las personas, independientemente de su situación socioeconómica.

OPRESIÓN: el conjunto de comportamientos y obstáculos que se usan para mantener una división entre "nosotros" y "ellos".

Si tú o alguien que conoces quiere saber más sobre la comunidad LGBTQ+ y sus recursos, visita:

ReD GSA: Alianzas de Géneros y Sexualidades (GSA) es una red de organizaciones de jóvenes trans, *queer* y sus aliados. Son organizaciones dirigidas por estudiantes que unen a los jóvenes LGBTQ+ y sus aliados para crear comunidades y organizarse en torno a los problemas que los afectan en sus escuelas y comunidades. gsanetwork.org

TRANS LiFeLiNe: Dirigida por y para las personas trans, Trans Lifeline es una línea de atención telefónica y una organización sin ánimo de lucro que ofrece apoyo emocional y financiero directo a las personas trans en situaciones de crisis. translifeline.org

PROYeCTo TReVOR: El Proyecto Trevor es una organización para jóvenes LGBTQ+ (lesbianas, gays, bisexuales, transexuales, *queer* y cuestionadores) para promover la salud mental y prevenir el suicidio, donde los jóvenes pueden acudir a un consejero si tienen problemas, encontrar respuestas e información y obtener las herramientas necesarias para ayudar a otra persona. trevorproject.org

PROGRAMAS DE LIDERAZGO Y JUSTICIA DE GÉNERO (GJLP) Y CONSEJO NACIONAL DE LA JUVENTUD TRANS (TRUTH): GJLP y TRUTH son programas dirigidos por jóvenes trans y no conformes con el género para promover comprensión pública, empatía y crear un movimiento para la liberación a través de compartir historias y de la organización de medios de comunicación. **ourtranstruth.org**

UNA INVITACIÓN A LOS LECTORES

Al investigar y compartir la historia de Sylvia, quería honrar y ampliar lo que sabemos de la historia de nuestro movimiento como personas trans, *queer* y de dos espíritus. Lo que se recuerda, vive. La legendaria periodista trans Mónica Roberts y su trabajo sobre las vidas de las personas trans fue un ejemplo de esto. Contar historias es una forma en la que la gente ha mantenido vivo el pasado y toda su sabiduría... que es probablemente la razón por la que nuestros padres y abuelos se dedican a contarnos una y otra vez historias extralargas y detalladas del pasado. Escucha esos relatos. Y un día, cuando encuentres el momento adecuado, comparte tu propia historia.

Hay muchas maneras de avanzar en este libro. Así que toma lo que te resulte útil en el momento en que lo leas, y luego vuelve a profundizar con nuevas preguntas. Lo escribí como un punto de partida en el que te puedes apoyar cuando vuelvas al pasado. Tanto si estás trabajando en un informe biográfico como si intentas aprender más sobre el movimiento de tu gente, esta es una invitación:

Recuerda y aprende tu propia historia.
Asegúrate de vivir plenamente cada día.
¡Crea tu parte del futuro!
... Sin presión. "¡Es divertido!" me dijo Sylvia.

Conoce tu historia

¿Cómo llegaste hasta aquí?

Como humanos, podemos recordar nuestro linaje y de dónde venimos. Esta es una evolución buena de nuestro cerebro. Compartir historias a través de palabras, canciones y arte también ha ayudado a grupos de personas a sobrevivir.

Así que asegúrate de recoger las enseñanzas importantes de los que nos precedieron y llévalas contigo al presente y al mañana.

Vive plenamente, todos los días.

¿Qué opinas de esto?

Cuando iba a la escuela, intentaba aprender toda la información y recordarla para los exámenes, pues eso es lo que nos dicen que es necesario para aprender. Pero no es así como funciona mejor mi cerebro, ni el de ninguno de nosotros, en realidad. No somos máquinas que podemos recibir y emitir datos sin sentir. Todo lo que tocamos, lo cambiamos, y nos cambia. Así que asegúrate de añadir tu magia a este mundo también.

¡Crea y comparte el futuro!

¿Adónde vamos?

Mi madre me recordaba a menudo que mis hermanas eran las únicas personas conectadas conmigo para siempre. Me alegra saber que, en gran medida, tenía razón: nuestros hermanos pueden ser increíbles apoyos durante la difícil etapa del crecimiento. Pero también podemos estar conectados para siempre con las personas que elegimos. En cualquier caso, encuentra tu lugar en esta querida comunidad global: todos tenemos uno.

UNA NOTA DE J. GIA LOVING

Patrick Córdova nació en octubre de 1996. Esa soy yo: Gia. He cambiado mucho en sólo veintiséis años, incluso mi nombre. Elegir mi propio nombre fue una de las primeras formas en que elegí ser yo misma, y todas las veces que he cambiado mi nombre representan también momentos en que confié en mí misma.

Mientras crecía, la gente que me rodeaba se pasaba el tiempo llamándome la atención sobre lo diferente que yo era, y casi siempre me parecía que criticaban mi forma de ser. Traté de averiguar cuál era la forma correcta de ser durante muchos años. Estudié la manera en que la gente hablaba, caminaba y contaba historias. Cuanto más me esforzaba por hacer lo que creía que los demás querían de mí, más desconectada me sentía de mí misma. Me sentía como una piñata, con capas y capas pegadas lentamente.

A menudo me preguntaba mientras soñaba en clase... *¿Por qué no se enseña a los jóvenes que son seres completos, creativos y maravillosos, tal y como son?*

En cambio, el sistema educativo público estadounidense

forma a los estudiantes para que se conviertan en trabajadores. Piezas de una máquina grande para hacer dinero.
Aparentemente la única manera de vivir una buena vida
en los Estados Unidos es esforzarse por poseer toda la
máquina. Si trabajar puede hacerte ganar dinero, y el dinero
puede comprarte poder, ¿quizás el poder podría conducirte
a la felicidad?

Muchos jóvenes trans, *queer* y de dos espíritus en todo
el mundo, a menudo tenemos que elegir entre vivir fieles a
quienes somos y sentirnos seguros. Tras años de tomar estas decisiones mentales en silencio y con rapidez, a veces
en nanosegundos, empecé a olvidar las partes de mí que
había sepultado. Este es el objetivo, supuse: hacer que me
olvide de mis partes *queer* que tienen raíces tan profundas
dentro de mí. Y para seguir siendo aceptada y sobrevivir,
seguí sepultando partes de mí, esperando cumplir algún
día el sueño de ser quien yo realmente quería ser.

Me tomó mucho tiempo conocer a gente que me dijera
directamente: algunas de las cosas que te dijeron y enseñaron (especialmente los matones y los padres cansa-
dos) no son toda la verdad.

Bueno... entonces, ¿cuál es la verdad? preguntaba yo.
Antes de que pudieran responder, añadía: *¿Mi propio ser
está equivocado? ¿Es algo equivocado lo que me parece tan
verdadero?*

Sin embargo, aunque esta pregunta se la hice a muchas personas, nadie pudo convencer a la vocecita interior de la joven Giapatrick, que sobrevivió a tantos años de ser juzgada como algo equivocado, simple y principalmente por ser quien era.

Necesitaba otra historia, una que aún no había escuchado, pero que siempre he sentido. Entonces, por fin, tranquilicé mi mente lo suficiente como para poder escuchar lo que siempre había estado ahí.

Al escucharme y confiar en mí misma, empecé a escuchar mucho más de mi historia.

Lo bueno de que nuestras vidas puedan ser las historias que nosotros escribimos y compartimos con el universo es que cada momento forma parte de ese viaje. Cada respiración profunda. Cada pequeño crecimiento. Cada hipo molesto y casi gracioso. Cada talento único. Y como esta es tu historia, ¡puedes escribirte a ti misma!

Cuando experimentamos o somos testigos de la transfobia y la queerfobia, podemos llegar a preguntarnos realmente sobre la posibilidad de borrar lo que somos. Pero sólo con examinar los últimos cincuenta años de la vida de los jóvenes TQ2S, nos damos cuenta de la razón que encierra esta frase de Miss Major: "Todavía estamos aquí".

Por cierto, si nadie te lo ha dicho antes, mi querido lector, eres un ser completo y maravilloso tal y como eres.

UNA NOTA DE HISPANIC STAR

Cuando Hispanic Star decidió unirse a Macmillan y Roaring Brook Press para crear esta serie de biografías, nuestra intención era compartir la historia de increíbles líderes hispanos con los jóvenes lectores para inspirarlos con las acciones de esas estrellas.

Por siglos, la comunidad hispana ha hecho grandes contribuciones en los diferentes espacios de nuestra cultura colectiva —ya sea en deportes, entretenimiento, arte, política o negocios— y queríamos destacar algunos de los modelos que aportaron sus contribuciones. Sobre todo, queremos inspirar a la niñez latina a levantar y cargar el manto de la unidad y el orgullo latino.

Con Hispanic Star, también queremos iluminar el lenguaje común que unifica a gran parte de la comunidad latina. "Hispano" significa "que habla español" y se refiere con frecuencia a personas cuyos antepasados vienen de un país donde el español es la lengua materna. El término "latino", y todos sus derivados, es más abarcador, y se refiere a todas las personas de América Latina y sus descendientes.

Esta serie innovadora se encuentra en inglés y en español como un tributo a la comunidad hispana de nuestro país.

¡Exhortamos a nuestros lectores a conocer a estos héroes y el impacto positivo que siguen teniendo, e invitamos a las futuras generaciones a que aprendan sobre las diferentes experiencias de vida de nuestras únicas y encantadoras estrellas hispanas!

SERIE HISPANIC STAR

Lee sobre los íconos hispanos y latinos, los héroes innovadores que han forjado nuestra cultura y el mundo en esta fascinante serie de biografías para lectores jóvenes.

SI PUEDES VERLO, PUEDES SERLO.